モノカキ・アエル

くちぶえカルテット

実業之日本社

実業之日本社文庫

contents

プロローグ

吸って、吹く。

ぴぃ。

高音の音階ひとつだけのような、短い音が、少女の唇から吹き出された。普段の声よりも、よほど鮮明に、遠くへ届いた。

青い空に少女のくちぶえ音が混ざり、とてもきれいな形で吸い込まれていった。決して簡単ではないけれど、練習をかさね、何度か吹き出すうちに、唇からとてもきれいな音を出すことができた。所在なさげに小さな指を編みながら、自分の音が混ざった空を見つめ続けた。

シャボン玉よりずっとすごい。ずっときれい。

――あの人が言っていた『魔法』って、本当だったんだ。

第一章
カントリー・ロード

♪

満井星良は『音』に嫌われている。

周囲がどう言おうと、どう感じようと、星良の中でそう感じずにはいられない。

新入生にとって六月は、高校に入学して初めての衣替えが行われる季節だった。

彼らは真新しいブレザーに馴染んできた頃、今度は糊のしっかりきいた真っ白な半袖シャツを着て、再び初々しい装いとなる。

（キラキラしてる……）

星良は、下校する帰宅部集団を窓辺から見下ろしながら、心の中でつぶやいた。

彼らの制服は初夏の日差しを反射してまばゆく輝いており、希望で満たされているみたいだ。

星良は、トロンボーンを床にそっと置きながら、薄暗い音楽室を見渡したため息をついた。

女子高生になってから、たった二か月と少し。おとなしい性格で、苦手なことも多い星良だが、入学当時は、今度こそ何かを変えられると信じていた。だが、漠然と抱えていた希望は、高校の中での自分のポジションが明確になっていくにつれて、少しずつ薄れていった。

「……」

手で喉元を抑えながら、口を開けてみた。声帯に力を込めるが、声を出す直前で躊躇い、くっと息が止まる。

昔から、人と話すことが苦手だった。

会話をする時、相手の気持ちや反応を想像すると、緊張で頭が真っ白になって、声がか細くなって震えてしまう。きっと、幼い頃から声色をからかわれてきたからだろう。

『満井ってさ、声面白いよな』

『もっと聞かせろよ。あーって言ってみろよ。あーって』

『おいみんな、満井が喋ったぞー』

今でも、自分をからかってくる男子の声やセリフを、はっきり思い出せる。小学生にはよくある異性へのからかいだ。タチが悪いものの、いじめられていたわけではない。恐らく彼らに悪意はなかった。頭ではわかっていたが、星良はますます臆病になっていった。

（私は、声が面白い満井さん）

（私は、アニメ声の満井さんなんだ）

星良は自分の声を恐れ続けた結果、クラスの中で、無口でおとなしい女子、というポジションに収まっていった。小学校から、中学校、そして……高校でも。

こんなはずじゃなかったのに。

星良が志戸学園を進学先に選んだのは、些細な出来事からだった。

星良は神奈川県の鎌倉市で生まれ育った。鎌倉といえば、海に面した情緒ある街として有名なところで、神社や寺、民宿などが数多く点在している。星良の住んでいる北鎌倉は、どちらかといえば山に囲まれた地域だ。緑が多い新興住宅地の建売一軒家で、父親はサラリーマン、母親はパート勤め。ひとり娘の星良は、そういったごく平凡な家庭で育ち、成績も素行も問題なく、地味な優等生として地元でそれなりに偏差値が高い進学校を志望する予定だった。

しかし、中学三年の夏休みに、星良の気持ちに変化が起きた。

そろそろ本格的な受験勉強をしなきゃと思いつつも、なんとなく気乗りせずリビングのソファーに寝そべり、冷房に当たっていたその日。テレビで高校野球の中継が流れていた。真剣に見ていたわけではない。ふと耳に届いた音が気になって、星良はテレビに目を向けた。

野球に興味はなく、ルールは把握できずとも、地元神奈川の高校球児たちがプレーしているのだということは理解できた。目が離せなくなったのは、スタンドにいる応援団。志戸学園の吹奏楽部員たちだった。

夏の太陽の反射で金銀に光る、名前の分からない様々な種類の楽器。かき鳴らすだけではない綺麗(きれい)な音色。

気付けば星良は、長い時間、吹奏楽部のパフォーマンスに魅了されていた。

声に対してコンプレックスを抱えていた分、吹奏楽部の音に憧れた。

調べてみると、志戸学園は藤沢(ふじさわ)市にある中高一貫の私立校で、受験は可能だった。入学さえできたら、入部さえできたら、星良も晴れてその一員になれる。

星良の進路はその時に決まった。

無事に合格し、星良は予定通りに吹奏楽部に入部した。音に対する希望を胸いっぱいに抱えながら。

――そして迎えた六月半ば。

満井星良は『自分は音に嫌われている』という結論を出した。

今日も放課後のチャイムが鳴る。学校が、勉強の場から音楽の場になる合図だ。

間もなく、親友の森村柚葉が、堂々と隣のクラスから教室に入ってきて、星良の机に、だん、と手を置いた。

うつむく星良に向けて、輝く笑顔を真っすぐ向けてくる。

「星良、部活いこ」

しかし、星良はうつむいたまま動けない。

近頃は、星良が逡巡した末に、ゆっくりとうなずくのがパターンだった。今日は何かをこらえるように、腿の上でスカートを握りしめる。

「星良、部活行こうよ。早く行かないと先輩に叱られちゃうよ」

「……私……吹奏楽部やめたい」

きっと動揺させたのだろうなと思うと、星良はやはり顔を上げることができなかった。

「え？」

柚葉と星良は、幼稚園の頃からの幼なじみだった。同じ町内に住んでいたため、幼稚園だけではなく、小学校、中学校も一緒。しかも『満井』と『森村』で出席番号も近く、何かにつけて一緒にいる機会が多かった。面倒見の良い柚葉は、星良の世話係だった。星良が喋ることが苦手になった理由も知っているし、性格もよく理解している。

ただ、この時ばかりは、二人の間に時間が止まったような空白が続いていた。

「……ごめんね」

星良からの謝罪の言葉は、かすれてしまいそうなほど、か細く小さかった。柚葉はただぼんやり立ち尽くしている。

「……どうして？」

「本当ごめん。今すぐやめるとかじゃないけど、今日は部活休む」

「なんで、なんで？　星良」

柚葉は真剣な様子で、星良の肩をつかむ。身を引いた分だけ星良の頭が上がった。一年D組の教室が見渡せる。放課後の教室には、まだたくさんの生徒が残っていた。星良の席は、廊下側一番後ろ。クラスメイトたちが、ほんの少し興味本位で星良たちの方をちらりと見て、すぐに通り過ぎていく。中等部からエスカレーター式で、高等部に入ってきているクラスメイトが多い。柚葉と星良のように高等部から入学してきた生徒は、なかなか溶け込めないのは当然かもしれない。それでも柚葉は入学してから友達がたくさんできたと聞いている。一方の星良はいまだクラスに馴染めずにいた。

教室の窓から見える空は、厚い雲に覆われて灰一色だ。湿度のせいか、室内の空気まで重たい雰囲気が漂っていた。まだ気温はさほど高くないのに、二人のシャツには汗が滲(にじ)んでいる。

問い詰められても、星良からすぐに説明の言葉は出てこなかった。椅子から立ち上がることもできずにいた。

二人は、共に吹奏楽部を頑張ろうと誓い合った仲だった。やめたいと口にするのは、約束した相手への裏切り行為になってしまう。

「……本気なの？」

柚葉の問いかけに、星良はゆっくり頷く。

迷いが全くないわけではない。吹奏楽部への憧れや尊敬の気持ちは今も変わらない。けれど憧れている気持ちが強いからこそ、周囲に馴染めず、一向に楽器の上達しない自分自身に、どうしようもなく焦りを抱いていた。

自分ではダメなのだ。

「……もしかして、ずっと前から考えてた？」

柚葉の眉が下がる。大きな瞳を、今にも泣いてしまいそうなほど潤ませている。

柚葉は感情が豊かで、目鼻立ちがはっきりしているから、表情の変化が分かりやすい。それに、楽器など使わなくても声が大きい。

「頑張ろうとは、思ってたんだ」

星良は、やっと、ぽつりとそれだけ口にできた。

「やっぱ、ずっと悩んでたんだね」

柚葉は、何かを悟ったようにため息をつき、髪の毛に指を通した。柚葉の髪は湿度の高いこの季節、軽く指を入れるだけで丸まってしまう。いわゆる天然パーマだが、肩の下辺りでカールした茶髪は、良い塩梅にあか抜けて見えた。

「ねえ、星良。ちゃんと聞かせて」

「……ごめん、今はうまく言えないけど……ちゃんと話すから。柚葉は、部活行かなきゃ」

「でも」

「柚葉は……部活に行かなきゃ」

もう一度、その点はしっかりと口にした。

「柚葉は、部活のためにこの高校を選んだんだし」

「……それを言われるとなあ……」

星良は自分の『音』を変えたいと願って志望校を選んだが、柚葉もまた違った目的があってこの高校を受験している。友情は大切だが、決して、友達同士だから同じ高校を選んだわけではない。

柚葉の家はいわゆるシングルマザー家庭で、裕福とは言えない。私立校は授業料が高く、まして志戸学園の吹奏楽部は県大会の常連であり、この地域ではそれなりに有名だ。仮に楽器は学校のものを使うにしても、遠征やイベントごとが多いため、そのたびお金がかかる。それで当の吹奏楽部に入りたいと言うのだから、母親の説得はずいぶん大変だったそうだ。星良の目から見ても、柚葉は大変な努力をしていた。中学三年生の時に猛勉強して、学費の安い特待生枠を勝ち取ったし、今も特待生の名に恥じない努力を続けている。そんな柚葉を巻き込むわけにはいかない。

もし一緒になってやめるという話になれば、柚葉の母は納得しないだろう。何より星良は、柚葉の足を引っ張ることだけは避けたかった。

柚葉は、前の席の椅子を借りて、星良と向き合う形で腰掛ける。

「一日くらい休んだってどうってことない」

「でも柚葉には……」

「大丈夫。わたしは星良がどうしたって、部活やめる気ないから」

柚葉がきっぱり告げたので、星良は胸をなでおろした。最悪な事態は避けられそうだ。

「でも、今日は星良と一緒にいる」

「……」

柚葉がこうと決めたらテコでも動かないことを知っていたので、星良は懇願するような視線を向けたが、まるで構わずにっこり微笑(ほほえ)まれてしまった。

「星良が話してくれるまで待つよ」

長期戦を覚悟してか、背負っていた鞄(かばん)からスマホまで出してくる。

少しでも星良の気を晴らそうとしてだろうか、動画サイトを開き、トップ画面から動画を選び、再生しはじめた。

星良にも見えるように机に肘をつき、スマホを横向きに持っている柚葉の表情は「ね？　面白いでしょ？」と言わんばかりに誇らしげで、頰が緩んでしまいそうになる。あくまで柚葉の表情が可愛(かわい)くて頰が緩んだだけで、動画で流れているお笑い企画にさして興味を持てたわけではないけれど。

……なんであれ、帰りづらくなってしまった。

星良としては、柚葉がそのまま部活に行ってくれたら、今日は家に帰るつもりだった。話してくれるまで待つと言ってきた柚葉に「帰りたい」とも口にしづらい。

動画に夢中になっている柚葉の横顔を見つめた。

（どんなに待ったって、私からは言葉が出てこないのに）

星良は声に出して告白しようとしたが、どうしても喉元で止まってしまう。

鬱屈とした気分のまま、またうつむいてしまっていた。

一方、星良が興味を示さなかったため、柚葉は机の上にスマホを置いた。スマホは次の動画へ次の動画へと飛んで、勝手に再生を続けている。楽しそうな音声やBGMは、まるで違う世界の出来事で、不自然に浮いて、辺りにしゃかしゃかと軽い音を散らしていた。行き場のない星良や柚葉と、行き場のない音が教室を漂って、漫然と時間が過ぎていった。

……どれくらい、時間が経ったただろう。いつしか教室には、二人しか残っていない。

巡回の教師は定期的にやってくるが、今は廊下にも誰の気配もなく、静けさに包まれている。風を通すために少し開けてある窓から、グラウンドで部活をしている野球部やサッカー部の声が聞こえる。遠くから管楽器のロングトーンが聞こえてきた。ひとつの音を長く吹きのばす奏法で、楽器のウォームアップのようなものだ。

吹奏楽部が、活動している。

とっさに教室の時計を見ると、ストレッチや走り込みを終えて、楽器の基礎練習が始まる時間だった。罪悪感で胸がきゅっと苦しくなり、拳を握りしめた。

「そうだ、何か飲み物買ってこよっか？」

楽器の音を察してか、かぶせるような大きな声で柚葉が言ってきた。

「星良あれ好きだったよね、はちみつレモネード」

「う、うん」

「よし、買ってくるっ。購買の隣に自販機あったよね」

「ちょっと待って柚葉、私も――」

「ううん、走って買ってくるから」

「あっ」

柚葉を追いかけようと、立ち上がった瞬間――

不意に、気になる音が聞こえた。

「……」

思わず、スマホの画面を振り返ってしまった。柚葉の姿はもうない。

「すごい……」

スマホから流れてくる音が、とつぜん翼を持ったように、軽やかに教室を舞った。

軽妙な旋律を奏で続けている音の正体を、星良はすぐに悟った。

動画で聞くのは初めてだった。優れたエンターテインメントとして成立していることに驚き、くぎ付けになってしまう。

今は教室に誰もいない。柚葉もジュースを買いにいっている最中だ。これくらいなら私ももしかしたらと、音につられるように軽い気持ちで自然と息を吸っていた。何も道具は必要ない。動画の旋律に意識を同調させれば良いだけ。すぼめた唇から、息を細く長く吹き出した。繊細な高音が教室内に響き、優しく空気を震わせる。

最初は恐る恐るだったが、徐々に吹き出す息に勢いが増す。奏でるメロディーに合わせて、自然と体が動きはじめる。まるで自分にも羽が生えたみたいに、唇から音が抜けていくたび、心がウキウキと軽くなっていく。楽しい。夢中になって唇が音をもっと、もっとと、追いかけていた。

「どうしたの星良……」

声が聞こえて、ハッと息を止めた。

星良が振り返ると、ジュースを二本抱えた柚葉が立っている。想像以上の早さに驚いたが、肩で息をしているところを見ると、本当に走ってきたらしい。

「ねえ、今ちょっとだけ『吹いてた』よね」

「え、いや」

　ずかずかと距離を詰められる。

「もう一回やって」

「顔近いよ柚葉……？」

「だって今の、すごかったもん――くちぶえ！」

　続いて柚葉は、星良が注目していたスマホを食い入るように見つめた。再生している動画は、くちぶえの演奏動画だった。くちぶえを得意としている女性が投稿したものだろう。スタジオ設備の中で、マイクに向かって楽しそうにくちぶえを吹いている。ウクレレを伴奏で弾いていたものの、くちぶえだけでしっかりとメロディーラインが作られていた。素朴でありながら、惹きつけられる音楽動画だ。

　柚葉は再び星良をまじまじと見つめ、長いまつげに縁どられた目を、ぱちくりとしばたかせた。

「もっと吹けたりする？」

「私……？　うん。まぁ……少しなら」

「ちょっと吹いてみない？」

「えぇっ、は、恥ずかしいよ……」

「いいでしょ、お願い。今ならわたししかいないし」

柚葉は椅子に座りなおして動画の再生を止め、餌を待つ子犬みたいに、瞳を輝かせて待っている。星良は諦めのため息をついた。

星良が素直にお願いを聞こうと思ったのは、柚葉への罪悪感が強かったからだ。普段なら、そのまま押し黙ってしまい柚葉が「あーあ、残念だなあ」と引き下がるのがお決まりのパターンであった。

「私ね、お風呂でくちぶえ吹くのが好きなんだ」

息を吸い込み——唇をすぼめて、腹部に力を込める。

数秒の静寂の後、星良の唇から、先ほどの動画と同じ曲が流れ出る。吹き出された息で空気が震える。ピンと真っすぐに、どこまでも伸びていく。丁寧に一音一音が奏でられていき、そのたびに淀んでいた教室内の空気が澄み渡り、はっきりと輪郭を持っていく。柚葉に聞かせるために吹いたのだが、先ほどと同じで、くちぶえを吹けば吹くほど不思議と心が軽やかになっていった。いつも無意識に吹いていたけれど、くちぶえを吹くと心地良く胸が高鳴るのだと、改めて知った。

星良は動画で再生されたのと同じ音楽を、ワンフレーズ吹いただけだった。

有名なアニメのテーマソング。音程もズレずに演奏し終えることができた。吹き終えた星良は、ふぅ、と、息を吐く。

「……柚葉?」

柚葉があまりにぼんやりしているので、心配になる。

「何か、変だった……?」

柚葉は、迷いのない動きで、星良の両肩をつかんできた。

「見つけた、これだよ」

「え……?」

「星良の音!」

少しの曇りもない笑顔で、柚葉はそう言った。

星良には理解ができない。星良にとって、くちぶえは少し吹けるだけ、といった認識だった。

ただ、心臓の奥の奥で、柚葉によって何かが揺り起こされる感覚はあった。

くちぶえ。

そうか。これも——『音』だ。

柚葉が丸い瞳をきらきらと輝かせて、星良のことを見つめている。

星良が誰かにくちぶえを聞かせるのは初めてのことだった。まだ少し高揚感が抑えきれず、頰が紅潮し、鼓動が速くなっている。

柚葉がそんな星良を見て、口を開いてきた。

「ね、星良。練習の合間にさ、くちぶえを吹くのはどうかな」

「くちぶえを？」

「そう。星良、くちぶえすごい上手だったし、楽しそうだった。そういう息抜きがあれば、吹奏楽部を続けられるかもって。星良さ、本当は吹部やめたくないんでしょ」

ふと核心をついてきた柚葉に、星良はドキリとした。柚葉が微笑む。

「わかるよ、付き合い長いもん」

星良の担当楽器は、トロンボーンだった。

高校から吹奏楽部に入った星良は、さして楽器知識を持っておらず、特にトロンボーンに思い入れがあったわけではない。管をスライドさせて操作し、腕を長く伸ばさなければいけない大きくて細長い楽器は、小柄で華奢な星良には腰が引けた。正式に入部して間もなく、一年生たちの担当楽器を決めるオーディションが行われた。そこで星良は柚葉と一緒にトランペットのオーディションに臨み（それだって柚葉につられて志望しただけだ）、星良だけが落ちて定員が足らないところにあてがわれたのだ。柚葉は持ち前の肺活量で、トランペットのテストに合格していた。

吹奏楽部は、小学校、中学校からの経験者が多い。柚葉と星良はまずそのことに驚いたのだけど、「まだ十分追いつけるよ」という先輩たちの言葉に背中を押された。

その日から、星良のトロンボーンとの日々がはじまった。

毎日腹式呼吸を練習し、マウスピースで唇を腫らした。腹筋やランニング、楽譜の読み方、スライド操作による演奏方法、楽器のメンテナンス作業、聴く音楽はクラシック。学ばなければいけないことはたくさんあった。そうやって生活が吹奏楽部中心となった。

辛さばかりではなかった。音が出るようになっていくのは嬉しかったし、精いっぱい腕を伸ばして楽器を掲げると、誇らしい気持ちになれた。トロンボーンに対して愛着が湧いてきて、自分はこの楽器になって良かったとさえ思った。

身近で見る先輩たちの演奏やパフォーマンスに、憧れの吹奏楽部に身を置いているのだと実感し、励まされることも多かった。いつか自分も、あの中に入って『音』を奏でるのだ。頑張ろう。そんな風に、つい最近までは一緒に頑張っている柚葉と同じ気持ちだったのだ。

けれど、徐々に引け目を感じ始めていたのも事実だ。体力がない、楽器が上達しない、大人しくて周囲に馴染めない。まったく誰とも話せないわけではないが、いまだ先輩や同じ新入部員と打ち解けられていない自分。

少しずつ、置いていかれている感覚に陥った。連日のハードな練習に、滅入(めい)ってきたのかもしれない。実際、星良よりも前にドロップアウトしていく新入部員も数人いた。

部活へと迎えに来る柚葉に対し、頷くまで日に日に間が空くようになった。

吹奏楽部は大好きだ。トロンボーンもどんどん好きになっている。近くで先輩たちの演奏を聞けるだけで心躍る。憧れの気持ちは変わらず、それどころか大きくなっている。

　でも、どんなに頑張っても、自分は音に嫌われている。そう感じてしまう。

　また顔をうつむかせてしまった星良を、柚葉はのぞきこんでくる。心配そうに瞳が揺れていた。

「部活ハードだし、ストレスがたまってるのかなって思うんだ。星良、真面目すぎるからたまには遊ばなきゃ。楽しいって思えることで息抜きすれば、まだ続けられるかもしれない。ね、どうかな」

「……」

「恥ずかしいならさ、わたしも一緒に吹くよ。一緒にやろ、ねっ。そうやって息抜き挟んでみて、それでもダメなら、やめるっていうのはどうかな……？」

　言葉を重ねてくる柚葉を見ているうちに、ふっと笑いが漏れてしまった。

　お互い深刻な表情で吹奏楽部をやめるかどうかと話し合っていたのに、合間にくちぶえを吹けばどうにかなるという提案をされている。

　何より、心配してくれている柚葉の気持ちが嬉しかった。星良に自信を持ってほしいと、柚葉が一生懸命なのが伝わった。

「……うん。もう少し、頑張ってみようかな」

「ほんとっ？」

「心配かけちゃってごめんね。明日からまた、ちゃんと部活行く」

「良かったぁ……」

心の底からホッとした様子で、柚葉が漏らす。

「くちぶえのおかげだね。わたしも星良と一緒に吹けるように、くちぶえ、練習してみるねっ」

「う、うん。ほどほどにね」

どちらかというと、柚葉の気持ちで心が動いた気もしていた。

でもくちぶえを吹くのは良いと思ったのは確かだ。

くちぶえ演奏の動画に出会う前と、心持ちがずいぶん変わっている。胸がドキドキしていた。嫌われているという結論を出すのはまだ早い。くちぶえは、星良にとって自分を伝える『音』になってくれるかもしれない。

翌朝六時半、星良はいつものように家を出た。

北鎌倉駅まで数分なので、そこまでは歩きで行く。その前に、数軒先にある柚葉の家へと寄るのが習慣だ。

いつもはインターフォンを押すと、柚葉の母・彩音が応じてくれて、まだ柚葉の方は準備中なことが多い。けれど今日は、玄関先で既に星良のことを待っていた。昨日のこともあったから、部活朝練の時間に合わせて星良が来るか、ずいぶんハラハラしていたようだった。

いつものように北鎌倉駅から横須賀線に乗って、大船駅で乗り換え、湘南モノレールに乗って志戸学園へと向かう。一緒にいることが当たり前すぎて、過ごす日常に代わり映えがなさすぎて気付かなかった。星良と柚葉は、高校でのクラスは違うが、ほとんどの時間を一緒に過ごしている。ただしそれは、同じ部活にいるからだ。部活をやめると自分たちの生活がすれ違うことに、その時になってようやく思い至る。連日のハードスケジュールで、思考力も低下していた。柚葉の言う通り、やはり息抜きは必要だ。

「おはようございますっ」

「あ、おはよー」

「はよっすー」

音楽室に入ると、既に多くの部員が朝練に入っていた。楽器ケースから楽器を取りだし、組み立てていたり、チューニングが始まっている。

吹奏楽部の朝練は、ほぼ楽器の基礎練習に終始する。ロングトーン、スケール、タンギングなど、個人やパートで音出しを行う。

昨日連絡もなく休んだことで何か言われるかと構えていたが、いつも通りの部員たちに、星良はこっそりと安堵の息を漏らした。自分たちも練習に入ろうと、準備室の方へ楽器を取りに急ぐ。

「──森村、満井」

楽器を組み立てていたところで、部長の黒野先輩が準備室に入ってきた。

三年生男子で部長を務めている吹奏楽部リーダーの登場に、星良は身を固くする。身長が高く、眼鏡をかけたいかにも堅物っぽい雰囲気が、ただでさえ異性に苦手意識を持っている星良の緊張を強める。しかもよりにもよって、黒野先輩の楽器は星良と同じトロンボーンだ。

「昨日は、どうしたんだ？　来てなかったみたいだけど」

「すみませんっ、あの、ちょっとわたしがお腹痛くなっちゃって。星良は付き添ってくれたんです」

咄嗟に柚葉が口を開いていた。萎縮している星良を庇ってくれたのだろう。申し訳なく思う。

「いいんだけど……連絡は入れてくれな。今の時期、いきなり来なくなるヤツ多いから、心配してた」

ドキリとしてしまう。昨日の星良は、正にその『いきなり来なくなるヤツ』になろうとしていた。

「ごめんなさい」

柚葉と星良は立ち上がり、そろって頭を下げる。

「……その、さ。練習やっぱりキツイか？」

下げた頭に、不安を滲ませた声が降ってきて、星良は顔を上げた。

黒野先輩は憂いげに軽く息を吐き、ずいぶん思い悩んでいる様子だった。

「毎日の基礎練メニュー考えてるの俺だし、やめていく部員とか来なくなる部員が多いとさ、やり方間違えてるのかなって……でも」

眼鏡越しの決意を込めた眼差しが、星良を射抜く。

「俺、今年こそ、支部大会行きたいし、その先の——全国大会に行きたいんだ」

志戸学園は県大会までは常連ではあるが、その上の支部大会は滅多に進めないし、全国大会までは一度も行けたことがない。きっと多くの吹奏楽部員たちが、二年間と少しの部活で目標としている舞台。普段は冷静なリーダーが口にしたことで、その想いが本気であることがより伝わってくる。

「その気持ちに一年生まで巻き込んでるの、申し訳なく思ってる。ごめん。嫌なことがあったら、なんでも相談してほしい」

罪悪感も手伝って、星良は思わず一歩前へと出ていた。

「あ、あの……私、頑張ります。その、みんなより上達遅くて、いまだにロングトーンもままならないです、けど……もっと、上手にはなりたい、です」

勢いで喋っているうちに恥ずかしくなってきて、徐々にもごもごと小声になっていく。しかし、黒野先輩はしっかり聞き取れてしまったらしい。

「そうか。じゃあ今日は俺が個人指導に入るよ」

「え」

「そうだよな、まだ初心者だもんな……満井のこと、見れてなくてすまん。音楽室出たところの廊下でいいかな。待ってる」

「え、え……」

断る隙を与えてくれなかった。黒野先輩はやる気に満ちた表情で、颯爽と音楽準備室を出ていってしまう。

星良は泣きそうになりながら、柚葉の方を見る。

柚葉は心底同情した眼差しで、肩をすくめていた。

「今日は一緒に、練習できないかもね……」

一年生で初心者の柚葉と星良は、部員が音楽室に集って合奏する全体練習の時ですら廊下や空き教室に追いやられて練習させられることが多い。そういった二人きりの練習時間の息抜きに、くちぶえを吹こうと思っていた。今日に限って、部長がはりきって星良のトロンボーン指導をしてくれることになるとは、想像もしていなかった。

「どうする、星良？　嫌だったらわたしから言おうか？」

「……ううん。頑張ってみる」

喉元まで、嫌だ、断りたいという気持ちが出かかっていたが、星良はなんとかそれを飲み込む。

吹奏楽部でもう一度頑張ろうと決めた以上、逃げるわけにはいかない。それに、部長直々の指導は上達できるチャンスだ。

（全国大会、か……）

まだ楽器演奏もままならない星良には、遠い遠い響きだ。そんな星良でも、耳にするだけで胸がときめく。

三年生を中心に、ハードな練習を文句一つこぼさずこなす部員たちの想いは、きっとそこに集約されている。

星良も、少しでもその想いについていこうと、トロンボーンを持ち上げる。ここが踏ん張りどころだと、キュッと唇を結んだ。

「柚葉、先行ってるね」

「うん、頑張れ星良」

柚葉の応援を背に、星良なりに強い歩調で準備室から廊下の方へと出ていく。

すると、激しく言い合いしているような雰囲気に、出鼻を挫かれてしまった。

「どうしてですか！」

音楽室前の廊下で、女生徒が肩を怒らせている。星良からは背中しか見えないが、激しい声音に恐れをなし、逃げ出しそうになってしまった。

女子の前に立っているのは――吹奏楽部正顧問、剣持正蔵先生だ。担当教科は数学。気難しそうな強面であまり多くを語らないが、吹奏楽部での指導は相当厳しい。その振る舞いは威厳に満ちている。ただやたらと容姿は整っており、四十代の渋イケメンぶりで一部から熱烈な支持を受けていたりもしている。

星良にとっては、部長の黒野先輩以上に怖い人物である。当の黒野先輩は、女子と剣持先生の間に仲裁に入っている様子だった。

「小鳥遊、落ち着けって」

「落ち着けません……私、どうしても納得できません。なんで私がレギュラーじゃないんですか……っ」

むき出しの想いをぶつけている女子を前に、剣持先生の表情は変わらない。

「当然だ」

感情を含まない声で、冷たく言い放つ。

「当然って……説明になってません……っ」

「君は合奏の域に達していない。それだけだ。後は自分で考えなさい」

突き放して、剣持先生は女子の横を通り過ぎ、音楽室の中へと入っていく。固唾を呑んで見守る星良の方を一瞥した気がして、ますます星良は石になってしまったかのように身動きが取れなくなる。

その間に、女子は廊下を反対方向に走っていってしまった。

「小鳥遊！　ああもう……困ったな」

黒野先輩が肩を落としている。

レギュラーがもらえなくて顧問に直談判している女子もいるし、二年以上頑張り続けてもレギュラーにすらなれず引退していく三年生もいると聞く。ハードな練習に耐えられずやめていく部員たちも多い。

本気の部活である以上、日常的に修羅場を目撃してしまうことはままある。目の前で衝突している様を見せつけられると、臆病な星良は眉が下がり、震えてしまう。

「満井、大丈夫か……？　練習入れるか？」

黒野先輩に気遣うように声をかけられ、ハッとした。

「や、やります」

それでも、吹奏楽部に憧れてしまったのだ。はしっこに縋りついてでも、吹奏楽部の一員として、『音』を紡ぎたいと願ったのだ。

（私だって……全国大会を、夢見てみたい）

それを声にして言えるようになったら、ようやく自分も『音』の一員になれる気がした。


……結局息抜きらしい息抜きもできぬまま、ずっと前のめりに部活に参加してから、ようやくの帰り道。

北鎌倉駅から家まで、徒歩数分の道のり。二人きりになれた頃には、楽器の練習で肺活量を使いすぎて、酸欠で頭がくらくらしていた。

「……なんか今日、しんどかったね……」

さすがに柚葉も、隣を歩きながらそんな感想を口にしている。

「……うん。先輩たち、思ってたより私たちのこと見てたんだね」

「それだけ大切に想ってくれてるってことだよ。わたしのことも、星良のことも」

「うん……」

「まあまあ。今日しっかりやれるところ見せたし。明日からはまた元通りになるよ。先輩たちもわたしたちばっかりに構ってられないしね」

「そうだね。迷惑はかけないようにしなきゃね」

ため息まじりに言って、先を歩く。と、星良の背後から、おかしな空気音が追いかけてきた。

「しゅぅ、しゅぅー」

「……柚葉?」

立ち止まって振り返る。

「ふしゅー、ふしゅー」

「もしかして……それってくちぶえ?」

駅から家に向かう住宅街の道路は、すっかり日が落ちて暗い。頼りない街灯の下で目を凝らすと、柚葉が唇をタコのように突き出して、息を吹き出していた。あまりに間抜けな顔だったので、星良は吹き出してしまう。

「ぶっ……ちょ、ゆ、柚葉……」

「笑わないでよー。昨日からずっと星良みたいにやろうとしてるんだけど、全然音が出ないんだもん」

「柚葉って、くちぶえ吹けなかったんだ」

「そうみたい。やってみようと思ったこともあんまりなかったから。でも、星良の息抜きに付き合うために、わたしもそれなりに吹けるようにしたいなって。一晩練習したらなんとかなるかなと思ったけど、甘かったなぁ……」

「綺麗な音が出るようになるまでは、それなりに時間かかるよ。まず唇突き出しすぎてるし。タコみたい。ちょっと見てて」

星良は軽くくちぶえを吹いてみせた。ピュゥー、と、綺麗な高音が夜道に響く。

先ほどまで酸欠でくらくらしていたはずなのに、ふっと体が軽くなる。くちぶえを吹く時は、気構えずに肩の力が抜けているからかもしれない。

「……ほら。そんなに唇出てないでしょ？」

「ほんとだ……なんか変だとは思ったんだよね」

「そんなに口を突き出さなくていいの。舌を下の歯の裏に折り曲げる感じでくっつけて、唇を少しすぼめるの。それで空気の穴が丸くできるから。唇を尖らせるんじゃなくて、丸める感じ」

「え、何それ激ムズ……」

「コツつかめば大したことじゃないから。舌の位置、色々変えて試してみて。たぶん綺麗に音が出る配置があるはず」

「ふんふん」

「で、後は楽器を吹く時と同じ要領で、腹式呼吸ね。ふ〜って口にして言ってみる感覚で。息を太く、真っすぐ。唇じゃなくて、舌に空気の圧をかける」

「ふんふん」

「絶対わかってないでしょ……もう一回やってみるから見てて」

「わかった、見る」

「〜〜♪　〜〜♪」

　もう一度星良がくちぶえを吹いてみせると、柚葉は唇の形を観察するためか、ぐっと顔を近づけてきた。

不思議なもので、トロンボーンの音階はまだままならないのに、くちぶえだったら音階を作ることもロングトーンも可能だった。いつから始めたのだろうかと、星良はくちぶえを吹きながらも記憶を手繰る。小学生の時には既にそれなりに吹けていた。何気ない日常の癖で、毎晩お風呂で吹いているうちに意識せず上達したようだ。そうなると、初心者の柚葉が綺麗なくちぶえ音を出せるようになるには、相当な時間が必要なのかもしれない。

（あれ、でもどうしてくちぶえを吹き始めたんだっけ……？）

そもそものキッカケは、結局思い出せなかった。小学生になる前のことなら、忘れてしまっていても仕方がないかと諦める。

「星良、口が楽器みたい……ううん、小鳥？　口の中に小鳥飼ってる？　なんでそんな音になるの？　ほんとすごい」

「時間はかかるかもしれないけど、誰でもできることではあるから。柚葉もそのうちスムーズに吹けるようになるよ」

「うん、今日も家でやってみる」

「……あんまり無理しないでね」

ふと心配になって、星良は柚葉の顔をのぞく。柚葉は胸の前で、ぐっと両拳を固めた。

「でも、一緒に吹いてみたい」

「そうだね」

星良は意気込む柚葉に、自然と微笑んでいた。

柚葉がくちぶえをちゃんと吹けるようになったら。

二人でくちぶえを吹いて歩いたら、きっと楽しい。

暗がりの帰り道に、星良たちだけの楽しい『音』が彩られる。それはとても素敵なことに思えたたし、今も少し吹いてみただけで、霧が晴れるみたいに疲れが消え去ってくれた。

くちぶえがあって良かった。くちぶえに気づかせてくれた柚葉に、星良は心底感謝した。

森村柚葉は、家に帰ってすぐ、くちぶえを吹き始めた。

「しゅぅー、ふぃー」

正確には、玄関のたたきで靴を脱いでいる時から、息を吹き出していた。先ほど星良にコツを教えてもらったし、今日こそくちぶえを吹けるようになるはず。いやもうなっているかも。

「……おねえちゃん、なにしてるの？」

幼い声が聞こえて顔を上げると、きょとんとしている妹、乙葉と目が合う。小学二年生の妹は、ドアが開く音を聞きつけ走ってきたらしい。手にはフォークを持っている。

続いて、母親の彩音が顔を出した。

「こーら乙葉。ごはんの途中に立たないよー……って、柚葉帰ってきたの。ちゃんとただいま言ってよ」

仕事から帰って間もないのか、まだスーツ姿のままだ。

「あ、ごめん、ただいまっ」

「おかえりなさいおねーちゃんっ。ねーねーあそぼー」

「もう、ごはんの途中だってば。ほらほら戻るよ。柚葉も、買ってきたお惣菜のありあわせだけど、まだあったかいから」

「うん、ありがと、お母さん」

スーツ姿のままの母を見ると、少し申し訳なさを感じてしまう。けれど顔には出さないように努める。

柚葉の家には父がいない。本来長女である柚葉は、部活に精を出している場合ではなく、家族のために何かしらサポートをするべきなのかもしれない。たとえば、家族の夕食を作るのだって、柚葉が早く帰って来たら可能なのだ。

リビングの方へ行くと、弟二人が食卓に座り、テレビを見ながら夢中でごはんをかきこんでいた。小学六年生の弟たち、航と翔。双子である。つまり、四人の子供を母、彩音はひとりで育てている。詳しいことは子供の柚葉には教えてもらえないが、家計が相当苦しいのだろう。仕事を辞めていた彩音が元々お世話になっていた会計事務所に復職し、小学生たちを学童に預けてフルタイムで働いている。なかば駆け落ち同然で父と結婚したらしく、親類とも絶縁状態だという。ますます心苦しい。しかし、柚葉が自分のやりたいことを我慢すると、かえって母親を怒らせることになる。実際何度か家のために自分を犠牲にしようとして、叱られてしまった。柚葉の母はそういった性格だった。だから柚葉も、自分のやりたいことを貫き通そうと決めた。

柚葉のやりたいことに、彩音は最大限協力してくれている。私立校の受験を志願した時はさすがに説得が大変だったが、柚葉が特待生枠を取ると、一緒になって喜んでくれた。それなら自分は、できる範囲で生活のサポートをしつつ、母の気持ちに応えるのが一番良いのだろう。

手洗いや着替えをすませてから、リビングの自分の椅子に座ると、航がようやく柚葉に気づいたのか、唇を突き出してくる。翔も同様に、タコ口になって息を吹き出す。

「ふぃーふぃー」

「ふぉー」

「あ、むかつくな。それってわたしのマネしてるつもり？」

じろりと睨む柚葉に、航と翔はそろってヒヒッと笑った。

「ユズ姉の口から、変な音が聞こえるのうけるー」

「ほらやってやって。ふぃーふぃー」

「このぉ……」

昨晩から、柚葉はくちぶえの練習をはじめた。狭い一軒家で家族も多いため、柚葉がくちぶえ練習していると、誰かしらに目撃されることになる。お風呂すら妹の乙葉と一緒に入ることが決まっているし、部屋も妹と一緒なため、柚葉にはほとんどプライベート空間というものがない。

弟二人は、柚葉をからかう新しいネタを仕入れたと大喜びだ。

「おねーちゃんはね、楽器のれんしゅーをお口ではじめたんだよ。楽器を買うお金がないからしかたないでしょ」

「……違うってばー」

乙葉のずれたフォローに、柚葉はがっくりと項垂れてしまう。彩音に笑い飛ばされてしまった。

自分の家が大変な環境なのはわかっているが、いつも賑やかなのであまり気にならない。そのお気楽さは、彩音の血を引いたのかもしれない。彩音も、父がいなくなったその日から、まるで動じている様子がない。二年前、どうして忽然と父がいなくなったのか、説明のひとつすらない。

いわゆる——蒸発、というものなのだろうか。

海外遠征の多かった父が家に不在なのはよくあることだったので、かなり長い間、柚葉はそのことに気づかなかった。三か月ほど経ち、さすがに父が帰ってこないことを母に問い詰めたら、「連絡がつかなくなったんだよねー」と、軽く返されて唖然とした。そして、それから森村家の父は、一度もこの家に帰って来ていない。

お気楽さを母から受け継いだ一方で、きっと繊細さを父から受け継いでしまった。柚葉は母、彩音のように、父がいなくなってさっさと気持ちを切り替えられなかった。どうして父がいなくなったのか、理由が気になって仕方ない。もしかしてもうこの世にいないのではないだろうか、とすら思う。彩音は「わかんないよそんなの」と首を傾げるばかりだし、もしかしてと期待したインターネットでも、父の名前は検索に引っかからなかった。そうなると子供の自分に、海外でわからなくなった父の行方を知る方法は簡単に思いつかない。

それなら、父と同じ道を歩めば、何か見つけられるかもしれない。父の見た景色をただ見てみたい。柚葉は純粋にそう願った。

柚葉は中学二年生の冬に、心を固めた。父と同じ――プロの演奏家になろう、と。

とはいえ、苦しい家庭事情でプロの演奏家を目指すのは、なかなかに険しい道のりに思えた。楽器代、個人レッスン費などを調べてみて、目玉が飛び出すかと思った。簡単に楽器を学ぶ方法はないものかと考え抜いた果てに、『吹奏楽部』という結論が出たのだった。そこからプロになる道は難しくとも、楽器を学ぶ環境すら困難な自分には、部活しか方法がないように思えた。

そこから、中学三年生はがむしゃらだった。元々成績は上位ではあったが、私立校の特待生枠を取るためにひたすら勉強漬けとなった。

そうして目論見通りに志戸学園に入学できた。学校の借り物だけど、トランペットパートとなり、日々音楽について学べている。

父と同じ道を歩もうとしている柚葉に、彩音が、気づいていないわけはない。けれど彩音は、そのことについて何も言わなかった。

「……ごちそうさま。よしっ、わたし、お皿洗うね」

柚葉は椅子を引いて立ち上がり、食器を洗い場へと運ぶ。

既に食べ終わった弟、妹たちの食器が洗い場には積みあがっていた。

「いいよいいよ。柚葉、部活で疲れてるでしょ」

「何言ってんの、さっきまで仕事してた人が。こういうのは助け合い」

言うと、彩音は拝むように両手を合わせてきた。少しでも母の助けになれているなら良かったと、柚葉もホッとする。

「おねーちゃんおふろはいろー」

「うん。洗い物終わったらね」

キッチンの洗い場に立ち、部屋着のポケットに入れていたスマホを取り出す。イヤホンを耳にさして、動画をスタートさせてから、蛇口の水をひねって洗い物を始めた。

中学三年生の時は英語のリスニング。高校一年生になってから、毎日クラシックを聴いている。でも、今日再生しているのは、くちぶえ演奏動画だった。

「ふぃー、ふぃぃぃー」

食器の泡を流しつつ、演奏動画にならって、息を吹いてみる。けれどやっぱりうまく音にならない。自分の夢と関係ない、目的もない、ただの息抜き。けれど星良のように綺麗な音を出してみたい。妙なことにはまってしまったと苦笑が漏れつつ、明日の星良に聞かせたくて、柚葉は息を吹き出し続ける。


「……っ、ひゅ～、ひゅぅ～～♪」

「あ、出てるかも……まだ口で言っちゃってる感じもあるけど」

隣に座る星良が言ってきて、柚葉は内心でよしっ、と、ガッツポーズを作る。

「やったね。特訓の成果が出はじめてるのかも。でもやっぱめっちゃ難しいよ。マウスピースより音出ないじゃん。星良、ほんとどうやってんの？　口の中のぞいてもいい？　小鳥飼ってないか見てもいい？」

「飼ってないってば……」

放課後、吹奏楽部の個人練習時間。

窓の方を向いて並んで座り、膝の上にはトランペット。学校からの借り物なので、ちょっと古びている。星良の方は水抜きタオルの他にもう一枚床にタオルをひろげ、その上にトロンボーンを置いている。こちらも歴史を感じさせるへこみや錆が目立つ借り物だ。椅子の前には譜面台と、窓枠に置かれたメトロノーム。

空き教室でお互い個々の練習を進めつつ、本日は二人きりだったため、休憩にと、柚葉はくちぶえを披露してみせた。

というか、そうでもしないと星良は休憩を挟もうとしない。雑談にすら応じてくれない。昔から星良はそういう子だった。コンプレックスが強い分、周囲に対して無意識に引け目を感じ、一生懸命になりすぎてしまうのだ。

そういう点で、くちぶえを吹こうと提案したのは、自分でも良いアイディアだったと柚葉は思っている。くちぶえを吹くと、星良の狭まっていた視野がパッと広がるのが見て取れる。星良がドツボにはまりすぎないよう、そういう意味でも自分は星良の集中を途切れさせるほどのくちぶえを吹けるようになりたいと、柚葉は強く感じる。

「でも、かなり特訓してもまだこんな感じなんだよねぇ……動画とかも見て、めっちゃ研究してるのに」

「時間はかかると思う。でも柚葉の方が私よりずっと肺活量あるんだから、そのうちすごい大きな音が出るようになると思うよ。ねぇ、知ってる？　くちぶえってすっごい遠くまで音が届くんだよ。遠くの人と意思疎通をはかるために、くちぶえを吹く部族もいるくらいなんだから」

「へぇ、星良詳しいね」

「誰かに聞いた気がするんだけど……誰だったかな」

天井を仰ぎ、星良は記憶を辿っている様子だ。柚葉にはまったく思い当たらないが、社会や音楽の授業で聞いたのかもしれない。興味深い話ではあったので、今度調べてみようと、頭のメモに書き留める。

「ともかくさ、わたし、星良みたいに、メロディーをかっこよく吹けるようになりたいって思うんだよね」

力んで言ってみると、星良にふふっと笑われてしまった。

「柚葉の方が、くちぶえにはまってない？」

「そう、かも……あはは」

「でも私も、柚葉と一緒に吹けたら嬉しいと思うよ。んー……どうしたら上達するのかな……そだな……音階練習もやらなきゃだけど、私の場合、単純に好きな曲をお風呂で吹いてたりしたらそのうちできるようになったから、いきなりメロディーを吹いてみるのもありかもね。しっかり音出てなくてもいいから」

「あ、それわかる。ペットも最初、チャルメラを吹けた時テンション上がった。メロディー作れたことで、あっ、わたし楽器演奏できてる、やっとここまで来たかって。そうそう、調べたんだよ。わたしが出してる空気のかすれがまじったスカスカくちぶえ音って、イニシャルノイズって言うんだよね。まぁそんなでも、メロディー吹くうちに上達してくのかも」

「そうそう。うーん、やるならなんの曲がいいかなぁ……」

「んー……『カントリー・ロード』とか？」

譜面台に置いてある楽譜ファイルを見て、柚葉は何気なく口にした。ちょうど吹奏楽部で練習している曲目のひとつなので、メロディーもしっかり頭に入っている。

「いきなり難易度高すぎるかも。きらきら星とかにしない？」

「どうせやるなら、お気に入りの曲がいいなって。ダメかなぁ？　難しすぎる？」

またも星良に微笑まれてしまう。

「私も『カントリー・ロード』は好き。いいと思う。やってみたい曲に挑戦してみようよ。私たちだけのお遊びなんだから、別に誰かに聞かせるわけじゃないしね」

「うんうん」

『カントリー・ロード』は、ジョン・デンバーが発表した、七〇年代を代表する洋楽ポピュラーソングだ。映画の主題歌になったり、様々なアーティストが繰り返しカバーしてきて、今でもほぼ知らない人はいないだろう有名曲である。吹奏楽でもよく演奏される。邦題は『故郷に帰りたい』。そのタイトル通り、曲調はのどかな田舎道を連想する、ノスタルジックで懐かしい、柔らかな雰囲気だ。それでいて郷愁の切なさに胸を締めつけられたりする。柚葉はその陽気で切ない、矛盾しているようで柔らかに馴染んでいる曲調が大好きだった。

「じゃあくちぶえで、『カントリー・ロード』を吹けるように練習してみる」

「うん……あの、でもさ、柚葉」

「ん？」

「楽器の練習も忘れないでね。柚葉、次のオーディションでレギュラー取れると思うし」

「だーいじょうぶ。それはわかってるって」

星良に言われるまで少し気持ちが逸れていたのは確かで、柚葉は少々焦って早口になってしまった。

志戸学園の吹奏楽部は大所帯だ。しかし、その全員が晴れ舞台に出られるわけではない。コンクールともなると、大編成でも規定で五十五名以内と人数が決められており、座奏レギュラー選出のため、各楽器パートのオーディションが行われる。

夏の吹奏楽コンクールのオーディションは既に行われており、星良も、柚葉も、残念ながら選出漏れしてしまった。次の第一線で舞台に立つレギュラーメンバーを決めるオーディションは、夏休みの終わり。三年生が引退するので、総入れ替えになるのを想定したオーディションとなる。選出漏れした部員たちは、そのオーディションに向けて、日々個人練習に精を出しているという現状だ。当然ライバルは多いので、今の時期でも気を抜くわけにはいかない。

……と、思いつつも、柚葉は無意識に『カントリー・ロード』をくちぶえで吹いてみようと唇から息を吹き出し始めていた。大好きな曲が、唇ひとつで奏でられたら楽しそうだと、その気持ちに抑えがきかなくなっていた。

「ひゅひゅひゅ、ひゅぅぅー」

「もう、柚葉。全然わかってない……」

「――あら……くちぶえ？」

唐突な第三者の声が背後から聞こえて、柚葉と星良の肩がびくんと跳ねる。

振り返ると、教室の入口に、若い女性教師が立っていた。

吹奏楽部副顧問、志岐乃佐夜先生だった。担当教科は音楽で、二十代後半。おっとりと柔らかな雰囲気が生徒に人気の美人教師だ。

「せ、先生……いつからそこに」

「今来たところですよ。一年生は、ダンスの練習で集合かかっているから、まだ来てない子たちを探してたんです」

「あ、そ、そうだった」

柚葉はトランペットを持ち、慌てて立ち上がる。志岐乃先生は少々天然なところはあるが、優しいと評判だ。でも、練習もせずにくちぶえを吹いて遊んでいるのは、さすがにお説教されてしまうかもしれないと、内心で冷や汗をかいていた。

「星良、いそご！　……星良？」

星良の方を振り返ってみると、それどころではなかった。青ざめて震えてしまっている。体を強張（こわば）らせて、身動きひとつできない様子だった。練習せずに遊んでいるところを見られてしまった。どうしよう。そんな星良の心の声が聞こえてくるようだった。

星良にどう声をかけるべきか逡巡する。星良は何もしていない。遊んでいたのはわたしだと言うべきだろうか。でもそれにしたって、星良は責任を感じてしまうかもしれない。

すると、先に口を開いたのは、志岐乃先生の方だった。

「森村さん、は、ひ、ふ、へ、ほって口を使ってはっきり言ってみてください」

不意に志岐乃先生が柚葉に対しわけのわからないことを言い出したので、星良もきょとんとした顔になっている。

「ほら、森村さん。せぇの」

「え？　えーと、は、ひ、ふ、へ、ほ」

「もっとはっきり、大げさなくらい口を動かして！」

「は、ひ、ふ、へ、ほ！」

「ふの時はもっと口の形しっかり意識して！」

「は、ひ、ふー！　へ、ほ！」

志岐乃先生は、満足気ににっこりと微笑んだ。

「そうそう良い感じです。それ一日に何度もやってくださいね。口輪筋を鍛えるのもくちぶえには大事なんです。腹筋、背筋はもちろん、唇を鍛えるのも綺麗な音を出すのに重要ですから」

「……」

柚葉と星良は、ぽかんとして志岐乃先生を見つめてしまう。

ふふっと志岐乃先生は目を細め、いたずらっぽく笑う。

「くちぶえ、私も好きなんです。しっかり練習して吹けるようになったら、ぜひ聞かせてくださいね」

そう言い残し、志岐乃先生は教室を出ていった。

「……今のって、見逃してくれたのかな？」

柚葉が言ってみると、星良は自信なさげに頷いた。

「たぶん……志岐乃先生がくちぶえに詳しいとは思わなかったけど……」

「見つかったのが志岐乃先生で良かったねぇ……剣持先生とか先輩だったら、たぶん説教されてたよ」

「そうだね、気をつけないと……」

気持ちを軽くしてもらおうと言ってみたが、星良はどこか思い詰めた表情のままだった。柚葉は星良の性格をよくわかっている。先ほど、説教されてもおかしくないくらい調子に乗っていたのは柚葉の方なのに、星良は柚葉の行動ですら自分で背負いこんでしまう。気をつけようと、自分に言い聞かせた。

……気をつけようと、言い聞かせていたのだが。

くちぶえを始めて一週間。柚葉はすっかりその楽しさの虜になってしまっていた。無意識に唇が、くちぶえを吹くための丸い形を作っている。ひとりになると、すぐ息を吹き出している。少しずつかすれがなくなり、音がつるりと滑らかになっていく。すっかりのめりこんでいる。

星良は呆れ顔になりながらも、柚葉がくちぶえを吹き始めると付き合ってくれた。

くちぶえを吹く星良は、澄んだ音に聞きほれてしまうし、表情が活き活きとしていて、もっと見ていたくなる。

もっとくちぶえを吹きたい。もっと上手になりたい。もっと知りたい、聞きたい。スマホで毎日聴いていたクラシックは、すっかりくちぶえ演奏に置き換わっていた。

とはいえ、特待生の柚葉は、成績に影響を出すわけにはいかない。学業と部活の両立。家事、妹弟の世話。くちぶえはあくまで、ずっと予定が詰まっている忙しい日々の、ただの息抜きにすぎない。そもそも星良が部活をやめるのが嫌で、星良に自信が持てるようにと提案したことだから、柚葉がくちぶえを吹く必要性だってないのだ。

真夜中、寝静まった部屋で、ベッドに寝そべり柚葉はくちぶえを吹く。

妹が起きてしまわないように、ボリュームは抑え気味だ。

「〜〜♪　〜〜♪　……やば、わたしうまくなってる」

どんどん音が出るようになる。次々メロディーが生まれる。

くちぶえの音は、どこか可愛らしくてお腹がくすぐったい。

楽しくて、やめられなくて、くすくす笑ってしまう。

翌日のお昼休み。

柚葉は必死にあくびをかみ殺していた。昨晩はひととおりの勉強をした後、ベッドに入ってからくちぶえを吹くことに夢中になってしまったため、かなりの寝不足だった。今日の授業は何度もうとうとしてしまった。星良に真相を知られたらお叱りを受けてしまうだろう。悟られないように元気に振る舞おうと心に決める。

いつものようにお手製のお弁当を持って、柚葉は星良の教室へと行く。入口の前で手を振る柚葉に気づき、星良も笑顔でお弁当の巾着を持って、廊下に出てきた。

「今日はお昼、どこで食べよっか」

「屋上行く？　今日は雨降ってないし」

志戸学園の屋上は開放されているのだが、潮風の影響か、あまり人が多く集まらない。吹奏楽部も錆や腐食を恐れ、楽器の練習を避けているほどである。そのため昼食時は食堂ラウンジや屋根のある中庭の方が圧倒的に人気スポットだ。柚葉と星良は静かに過ごせるだろうと、屋上へと向かうことにした。

　しかし、連れ立って歩き始めてすぐ、柚葉たちは怒鳴り声に鉢合わせしてしまった。

「しつけえって！」

　かすれて低くドスがきいていたが、女子の声だった。柚葉たちはもちろん、廊下に出ている生徒たちは、ただならぬ気配に皆その女子に注目している。

　怒鳴ったのは、チャラチャラした雰囲気の女子。ネクタイの色が一年生だ。

　金色に染めた髪をトップでお団子にまとめ、制服は着崩していて、大きく開いたシャツの胸元にはネックレス。メイクもしているように見える。校則をまるで無視している素行の悪そうな風貌は、優等生である柚葉や星良とは、まったく違うカテゴリに所属していることが一目瞭然だった。

　しかし、柚葉は彼女にどこか見覚えがあった。同じクラスではない。生徒数が多い志戸学園では、同じ一年生でもまだ見知らぬ生徒も多くいるのだが、どこで見かけたのだろうかと首を傾げる。

「そんなこと言わないで」

　女子に笑顔で応じている先生に気づき、柚葉はあっと思う。志岐乃先生だった。

「ほら、一年生用に、ダンスの振り付けをプリントしてきたんです」

志岐乃先生は、お団子女子にプリントを差し出していた。お団子女子はそれを受け取ろうとしない。それで応酬している様子だった。

「だからさぁ、なんで吹奏楽部でダンスしなきゃなんないわけ？」

（ああ、あの子、吹奏楽部で一緒なんだ……）

彼女が同じ吹奏楽部員であることに、ようやく思い当たる。ただ、ほとんど吹奏楽部内で見かけたことはない。おそらく入部当初は同じ場所にいて、でもきっとすぐに来なくなった生徒だ。その時は確か黒髪だったような気もする。厳しさに耐えられずに来なくなる部員も多いので、さして珍しくもなかった。ただ、志岐乃先生に声をかけられている以上は、まだ正式に退部届を出していないのだろう。

近く行われる地元の福祉コンサートで、柚葉たち一年生はダンスを踊る。まだ合奏レベルに到達できず、当然レギュラーメンバーに含まれない一年生たちは、パフォーマンスを盛り上げる役回りとなるのだ。

「ダンスも部活の一環ですよ。体動かすのも楽しいですし、やってみましょうよ」

柔らかな笑顔を崩さない志岐乃先生に、お団子女子は苛立ち（いらだ）を滲ませた表情だった。

「やらねえって言ってんじゃん！　ああもうしつこいなあ！」

「……志岐乃先生も大変だねぇ」

柚葉がぽつりと漏らすと、星良もため息まじりに頷いた。あまり見ていて気持ちの良い光景ではない。

「たかだか部活でしょ。ダンスとかさぁ、マジになってるのダサイって」

つまらなそうに言い捨てて、お団子女子は仲間に囲まれて去っていった。大したもめ事でもなかったので、廊下にいる生徒たちもほとんどが興味を失って解散している。

志岐乃先生に声をかけるべきかと思ったが、すかさず他の吹部員がフォローするためか、集まりはじめている。柚葉の出番はなさそうだった。

「なんか、すごかったね。行こっか、星良。お昼終わっちゃう」

「……う、うん」

他人事ながら、柚葉は動揺で胸がざわついていた。星良もきっと同じだろう。いや、人の気持ちに寄り添いすぎてしまう星良のことだから、動揺はもっと大きそうだった。階段を上る足取りが覚束(おぼつか)なく見える。

　階段を上り、柚葉が屋上に出るドアを開く。

　すると、ボブカットの女生徒が一人、屋上のフェンス前に立っていることに気づいた。背中を向けているため、顔は見えない。特に気にすることもないかと、柚葉は星良と連れ立って屋上へと出ようとしたのだが、そこで足が止まった。

「……っく、ひっく……うぅ……」

　その女子が、金網に手をかけ、背中を震わせていることに気がついたのだ。

（泣いてる……？　なんで？）

　柚葉と星良も顔を見合わせてしまう。無言で「ここはやめとく？」と、アイコンタクトを送り合った。そっと足を忍ばせて、静かにドアを閉め、中へと戻る。

「……お昼、どうしよっか？」

　星良が声を潜め、柚葉に問いかけてきた。

「ここのすぐ下の、踊り場で食べよっか。ほら、そしたら今から来る人たち止めることもできるしさ」

　柚葉の提案に、星良も賛成してくれた。

少々埃っぽいが、階段の一番下の段に二人は並んで腰かける。

連続で見てしまったものに対しての気まずさで、柚葉も星良も、静かにお弁当を開いた。

先ほど泣いていた女子は、顔が見えなかったが、誰かは知っていた。

彼女も同じ吹奏楽部に所属している一年生で、小鳥遊真子という名前だった。眼鏡をかけた毅然とした冷たい子でパーカッションパート。部活での絡みはほとんどなかったが、柚葉は同じクラスなので、彼女のことをよく知っている。

同じ吹奏楽部とあって、柚葉は教室で何度か彼女に話しかけてみたことがある。しかしほとんど無視されてしまった。柚葉は悪い印象を持っていたわけではなかったが、レギュラーを取りたくて、顧問である剣持先生に何度も直訴したため、迷惑をかけている、と吹奏楽部員たちは真子にあまりよくない気持ちを抱いている。

真子が泣いていた理由は、きっと吹奏楽部に関連している。予想はついたけれど、いつも無視されている柚葉が、彼女にしてあげられることは見つけられなかった。

せめて誰にも見られないようにと、埃っぽさと戦いながら、階段で弁当を食べることしかできない。

「みんな……大変そうだねぇ」

腿の上にお弁当をひろげ、柚葉はしみじみと口にした。隣の星良も応じるようにため息をつく。

しばらく、もそもそと箸を運ぶだけの時間が続いた。

そういえば、昨日ほとんど寝ていないのだと柚葉が思った時には、意識がぼんやりと霞(かす)みはじめていた。

「柚葉?」

「……すぅ」

うとうとしてしまったのは、ほんの一瞬だった。

こっくり、こっくりと首が垂れ、その微妙な振動で、少しずつお弁当箱が膝の方へと移動していた。

「あ、あぶな……っ」

膝先からお弁当が滑り落ちそうになって、ハッと意識が戻ってくる。慌てて手を伸ばした星良が、柚葉の弁当が落ちる前に阻止してくれていた。

「ゆ、柚葉。お弁当が落ちそうだった」

「……あ、ごめんっ、あれれ、なんでだろ？　なんか寝ちゃってた」

「……大丈夫？」

「え、星良？　何その顔？　大丈夫だって。さ、食べよ食べよー」

「うん……」

心配いらないと笑顔を向けたが、星良は心配そうに眉を下げたままだった。

満井星良は、迷いを抱きはじめていた。
午後の授業の間もずっと胸がそわそわしていて、ほとんど聞いていないまま気づけば放課後の鐘が鳴っていた。
（息抜きにくちぶえなんて、やっぱり良くなかったのかも……）
柚葉が一緒にくちぶえを吹こうとして、それに時間を取られすぎているのが最初に気になりだした。加えて、今日は吹奏楽部の先生が苦労している姿や、おそらくレギュラー落ちして泣いている一年生、お弁当を一緒に食べた柚葉が居眠りしている姿まで目撃してしまった。

（くちぶえなんて吹いてる場合じゃない……私たちは、ちゃんと吹奏楽部の練習に打ち込まなきゃいけないんじゃない……？）

その思いにとらわれている間に、教室の生徒はずいぶん減っていた。そこで気づく。放課後になるといつも教室に駆け込んでくるはずの柚葉が、まだ来ていない。

日直や掃除当番、委員会があるとも聞いていなかった。しばらく待ってみて、来ないことに不安を覚え、星良は鞄を持って柚葉のクラスへと行ってみることにした。

柚葉がいないかと、一年C組の教室を窺う。

教室にも、柚葉はいなかった。

お昼休みは一緒にいたのに、一体どこに消えたのだろう。柚葉の席の方を見ると、鞄がかけられたままだった。

「あ、えーと、なんて名前だっけ。柚葉ちゃんといつも一緒にいるよね？」

不意に横から話しかけられ、星良は驚いてそちらを見る。

柚葉のクラスの女子が、星良のすぐ近くに立っていた。

「柚葉ちゃんさ、午後の体育の授業で具合悪くなっちゃって」

「え……？」

「保健室で休んでるんだよね。鞄持っていってもらっていい？」

幼少から付き合いのある柚葉が、怪我(けが)はあれど具合を悪くして保健室に行ったなんて記憶は一度もない。星良は目の前の女子が嘘(うそ)をついているのでは、とすら思う。

「ちょっと待ってね。鞄持ってくるから」

女子が柚葉の鞄を持ってきてくれて、星良はそれを受け取った。

信じられない気持ちのまま、保健室に向かうことにした。

保健室は校舎一階、廊下突きあたりにある。

心臓がドキドキと、嫌な感じに鳴っている。星良はたどりついた保健室のドアをノックし、中へと入っていく。

養護教諭は不在らしく、保健室内は静かだった。微(かす)かな薬剤や消毒液のにおいがつんと鼻をつく。

「柚葉……？」

スクリーンカーテンが閉まっているベッドが一つあったので、おそらくそこにいるだろうと、星良はそっとカーテンをめくり、中をのぞいてみた。

予想通り、中で柚葉が眠っていた。星良が呼んだことで目覚めたのか、瞼が重そうに上がりはじめていた。

「ん……せいら……？」

「柚葉、大丈夫……？」

問いかけると、柚葉はそこでようやくはっきりと覚醒したらしく、勢いよくガバッと起き上がった。

「え、うそ、今何時……っ？　もう放課後？」

「う、うん」

「うわぁ、寝すぎちゃった……」

くせ毛の茶髪が寝ていたことで乱れており、それに指を入れてかきまわしたので一層ぐしゃぐしゃになった。いつもならそのことをからかったりするけれど、今の星良にそんな余裕はなかった。息を詰めたまま、柚葉の鞄をベッド脇に置いてやる。

「どうしたの？　午後の授業で具合が悪くなったって聞いて……」

「……あー……具合悪くなったっていうか、寝不足……」

そういえば、昼休みにもうとうとして弁当を落としかけていた。でもそれにしたって、体力自慢の柚葉らしくはない。

「徹夜で勉強してたとか？」

「いや、その……ちょっと徹夜で、くちぶえを……」

気まずそうに目を逸らしつつ、柚葉が言ってきた。星良は絶句してしまう。あれだけうとうとしていたくらいだから、きっと昨夜一晩だけの話ではないのだろう。

星良は、柚葉の家庭の事情を知っている。母子家庭という大変な環境で、長女の柚葉はなるべく家事を手伝うようにしている。それに、特待生としてこの学校に入っているため、成績は上位を維持しなくてはいけない。何より、プロの演奏家を目指してこの学校の吹奏楽部に入部したのだ。

「柚葉、くちぶえ吹いてる場合じゃないよ……」

「……叱られると思ってた」

「だから、黙ってこっそりくちぶえ特訓してたの？」

「特訓っていうか、はまっちゃって、やめられなくて」

星良は大きくため息をついた。

「柚葉――くちぶえ吹くのやめよう」

星良が静かに言い放つと、柚葉の表情がハッと強張(こわば)った。

「最初は、吹奏楽部を続けるために、息抜きを挟むのもいいかなって思ってた。でも、息抜きレベルじゃなくなってるよ。このままじゃ柚葉に悪い影響が出ちゃう」

「悪い影響なんて。いや、やりすぎちゃったのはわたしも反省してるけど、でも、今後は気をつけるから」

「私、何度も注意した。もう信用できない。柚葉がなんていっても、息抜きにくちぶえ吹くのはもうやめる」

「そんな……っ」

「……私、吹奏楽部行くね。柚葉のことは、部長に伝えておくから、休んでて」

それだけ言って、踵(きびす)を返していた。

保健室を出て、早足に廊下を歩く。本当にこれで良かったのかは分からない。星良自身、くちぶえを吹くのが楽しくて、それでうまい具合に肩の力が抜け、吹奏楽部を頑張れていたのは確かだった。それだけ自分がくちぶえを吹くのが好きなことを知った。けれど、柚葉の体が心配だった。柚葉は、星良のためにくちぶえを始めたのだ。吹奏楽部をやめたいと口にしてしまったから。本当はやめたくないと見抜かれてしまったから。これ以上迷惑をかけるわけにはいかない。

くちぶえを吹いたことで自分の『音』を見つけられるかもしれないと感じ、胸が高鳴った時のことを思うと、やめたくないのが本音だ。見つけたものを手放してしまう寂しさを感じた。でも、くちぶえは家でひとりでも吹ける。

（私が、くちぶえ抜きで吹奏楽部を頑張れるのなら、きっとそれが一番良い）

部活をやめると口にしてから、吹奏楽部は、柚葉の隣は、自分にとってとても大切な場所なんだと改めて気づいた。『音』に届かないもどかしさを抱えつつも、憧れている気持ちは変えられない。

「星良、待って」

声が追いかけてきて、星良はびっくりして足を止め、振り返った。

柚葉が息を切らして星良の元に向かってきている。

「柚葉、寝てなきゃ――えっ？」

唐突に手首をつかまれ、柚葉に引っ張られる。柚葉は柚葉で、何か決意した真剣な眼差しで先を急いでいる。口を挟める雰囲気ではなかった。

階段を上り、校舎四階までやってきたので、てっきり吹奏楽部が活動している音楽室に連れていかれるのかと思ったが、柚葉は更に上へむかう階段を目指した。そこから上は、屋上へと続く。

柚葉は星良の手を引いたまま、片手で重たいドアを開き、外へと出る。

屋上まで連れてこられた星良は、唖然とするばかりだ。

「ねえ柚葉、どうしてここに……？」

曇り空だった。風はほとんどなかったが、頬に触れる外気が湿っぽい。やっと手を離してくれた柚葉が、少し先を歩いていく。

「わたし、くちぶえやめたくない」

ぽつりと呟いてから、星良を振り返ってきた。

「くちぶえ吹くの楽しいもん。好きになっちゃったんだもん。それに、星良のくちぶえもっともっと聞いてたい」

「……柚葉、でも」

「ここに連れてきたのは、ワガママを聞いてほしかったから。それに、わたしのくちぶえも」

柚葉は穏やかにそう言って、姿勢を正した。

ぴんと背筋を伸ばした直立姿勢。腹式呼吸。

鼻から短く息を吸って、吐く。数回それを繰り返して、柚葉は唇を丸めた。


——そうして、くちぶえを吹き始めた。


『カントリー・ロード』。

かすれて調子外れだったり、たどたどしさはあったが、ちゃんとしたくちぶえで、メロディーが作られていた。

柚葉は真剣に、丁寧に、一音、一音、唇を震わせて吹く。

くちぶえは高音で、はるか遠くまで届く。大きく響いて、空高くまで届きそうだった。

柚葉の声は大きい。柚葉の紡ぐ『音』はとてもとても大きい。

いつだって星良の心に、大きな波を立てる。

綺麗なくちぶえ音を吹けるようになるまでには、思ったよりも時間がかかる。だが、たった数日で、ここまで出来るようになっていた。屋上には星良しかいなくて、奏でているのはただのくちぶえで、でもそのただのくちぶえは、星良の胸に、どうしようもなく響いた。

……吹き終えて、柚葉はすぐさま、どうだと言わんばかりに胸を張った。

「すごいでしょ?」

「……うん」

「あのね、わたしさ、星良のくちぶえ聞いた時、すっごく感動したんだよ。星良の音を見つけたって。だからやめるなんて言わないで」

「……」

無言の星良に、柚葉は軽く息を吐いた。

星良は意思をしっかり固めて、保健室を出たのだ。その決意を覆すのは、なかなかに難しかった。付き合いの長い柚葉は、そんな星良の複雑な気持ちがよくわかっている様子だった。

「吹部、戻ろっか」

柚葉は優しく声をかけてきて、さっさと踵を返してしまう。

声を出すのは苦手だった。自分の声にコンプレックスを抱いている分、何かを伝えたいと思っても、躊躇(ちゅうちょ)してしまう。

けれど、どうしても伝えたいことができてしまった。

星良は柚葉の背中に向けて——咄嗟にくちぶえを吹いていた。

メロディー演奏ではなくて、小指を唇の両端に挟み、「ピーッ！　ピーッ！」と、ただ誰かを呼ぶためだけのかん高いくちぶえだった。

びっくりした顔で、柚葉が振り返ってくる。

「……星良、もしかして、それってわたしのこと呼んでる？」

「……うん」

「犬じゃないんだから」

息を吸い込み、ゆっくり吐き出す。指笛の大きな音で高揚していて、その勢いで星良は口を開いた。

「あのね、柚葉。私もくちぶえが好き……もっと柚葉のくちぶえも、聞きたい。だから、その……たまの息抜きなら」

星良が照れくさそうに言ってみせると、柚葉は笑顔になった。

「うんっ」

大きな『音』を出すのは、心地良かった。

柚葉の元へ向かうため、星良は一歩前へと踏み出した。とんっ、と、つま先が音を鳴らす。

星良の『音』は、そうやって、少しずつ変わっていく。

第二章
かえるのうた（輪唱）

♪♪

七月になって、本格的な梅雨に入り、最近は毎日雨が続いていた。

小鳥遊真子は、雨の音に耳が支配されないように、なるべく窓から離れて歩いていた。リノリウムの廊下が湿気ていて、上履きがぎゅっぎゅと嫌な音を立てている。かけている度の強い眼鏡も曇っている気がする。

吹奏楽部の午後練に剣持先生がやってきて、レギュラーメンバーによる合奏練習が始まったタイミングで、真子はそっと音楽室を出てきた。真子はレギュラーではないのだが、パーカッションパートなので、基本は音楽室後方で練習に参加している。打楽器類は外に運び出すのが難しいし、真子の希望しているマリンバは吹奏楽部で一台しか所有していない。そのため、合奏練習がはじまると、真子にはやることがなくなる。自分専用のマレット（バチ）と、楽譜ファイルを抱え、あてどなく歩いている。これなら、家に帰った方がマシなのかもしれない。そんな風に思ってしまう。

自分の家に帰れば、ちゃんとマリンバはあるのだ。

（でも……そうしたら、意味がない。結局ひとりのまま）

眼鏡が曇っているのではなく、瞳が潤んでしまっているのだと気づく。真子は、強気なくせに泣き虫だった。慌てて眼鏡をずらし、瞼をこする。

真子の家は、いわゆる音楽一家だ。父親は作曲家、母親はバイオリニスト。年の離れた姉はピアニスト。元々資産家の家柄だった父や母は、上流の裕福な暮らししか知らないため、少々世間ズレしている。それぞれが自分の好きなことをやって生きているため、家族が家に揃うことはほとんどない。姉や真子を育てたのもほぼベビーシッターだ。それでもしっかり両親の血を受け継いでしまったのか、真子も音楽の世界にのめりこんだ。楽器に溢れた環境で育ち、幼少の頃からすっかりマリンバの優しい音にはまってしまい、それからずっとマリンバ一筋だった。両親が演奏を指導してくれる講師を何度かつけてくれたが、真子とソリが合わずに講師たちは去っていった。演奏は家でずっと一人でやってきた。真子はいつしか、大勢で合奏することを夢見はじめた。誰かと一緒に演奏してみたい。色々な楽器と合わせてみたい。

志戸学園には中等部から所属している。中等部の頃は勇気が出せずに大勢の中に飛び込めなかった。だから彼女は、今度こそはと高等部に上がったタイミングで、吹奏楽部に入ったのだ。自分の家に帰ってしまえば、今までと同じで、ひとりでマリンバの木鍵を打つことしかできない。

吹奏楽部の打楽器パートは、本来ならスネアドラム、バスドラム、シンバル、ティンパニ、トライアングル、カウベルなど、様々な楽器を受け持たなくてはいけない。鍵盤打楽器を希望するなら、シロフォンやビブラフォン、グロッケンだってある。しかし真子は、あくまでマリンバにこだわった。自分は誰よりマリンバをうまく演奏する自信がある。マリンバ担当じゃなければやらない。そう頑(かたく)なに主張した。そのため、剣持先生からは戦力外通告され、打楽器パートの仲間たちから疎まれるようになった。

ほかの打楽器をやると言えば、合奏に参加する道筋だってあったのだ。

マレットを強く握りしめていた。数日前、合奏に参加できない、他の楽器を選べない自分にままならない思いを抱えて、屋上で泣いてしまった。合奏を夢見たはずなのに、吹奏楽部で明らかに真子は浮いている。それどころか、育ちが育ちであるから、素でお高く止まってしまうところもあり、クラスでも浮いている。自分のそういうところが腹立たしい。いまだにその気持ちを抱え続けてしまっている。

居場所が見つけられず、ひたすら悶々と校舎内をうろつくうち、真子の耳が聞きなれない音をとらえた。

真子はとても耳が良い。音感もリズム感もしっかり身についている。わからない楽器の音はないし、知らない楽器もないはずだ。幼少から音楽に慣れ親しんできた、英才教育のたまものである。今も様々な場所に散らばっている吹部員たちが、基礎練の楽譜を演奏している楽器が何かを、正確に聞き分けることができる。

（フルート……オカリナ……？　ううん、違う）

誘われるように、真子は謎の高音が聞こえる方へと歩いていった。

謎の音は、三階の視聴覚室から聞こえてきた。部屋をのぞく頃には、真子の中でも大体予測がつきはじめていた。

視聴覚室には女生徒が二人いた。くすくす笑い合いながら吹いていたのは――くちぶえだ。

入口に立つ真子からは、窓際で椅子に座る彼女たちの背中しか見えない。でも知っている子たちだとわかる。同じ吹奏楽部一年、トランペットの森村柚葉、トロンボーンの満井星良。

高校から吹奏楽をはじめた、楽器初心者であるはずの彼女たちが、楽器を使わずに唇を使って音を出していた。

かーえーるーのーうーたーがー。

　かーえーるーのーうーたーがー。

じゃれ合うように笑いながら、『かえるのうた』をくちぶえで輪唱している。

音程はズレているし、かすれまじりであったり、リズムもめちゃくちゃだ。それを強引に輪唱させているものだから、繊細な耳を持つ真子には、とてもじゃないが聞けたものではない。聞けば聞くほどバラバラに解（ほど）けていく音に、胸がざわざわとした。

柚葉の方が更に調子に乗った様子で、椅子から立ち上がって指揮をとりはじめた時、さすがに限界を迎えた。

「あなたたち何をやっているの？」

真子の口から、怒りを滲ませた声が放たれた。直後にピタリとくちぶえの音が止む。柚葉と星良が真子の方を振り返ってきた。驚きで目が見開かれている。

真子は静かになった視聴覚室へと踏み込んでいく。眼鏡の奥の瞳は、強く柚葉と星良を睨みつけていた。

「森村柚葉、満井星良、でしょ。練習中に遊んでいたの？　先輩たちは今、本気で合奏練習してるのに」

「ごめん、ちょっと休憩してて」

柚葉が後頭部をかきながら、申し訳なさそうに言ってくる。星良の方は動揺が大きかったのか、青ざめて口を固く結んでいた。どんな反応にせよ、真子には許しがたかった。何より、音が。

「休憩するのは構わないけれど、それ、もうやめてくれる？　耳障りなの」

「耳障りって……ひどいよー。これでもけっこう、上達してるんだよ？」

「とにかく聞きたくない。あなたたち仮にも、吹奏楽部でしょう？　綺麗で正確なハーモニーを奏でるために、日々練習をしているはず。そんな音しか出せないようなら、二度とくちぶえなんて吹かないで」

酷い言葉を投げつけている自覚はあった。真子はそういった自分を制御できない。普段から、誰に対しても辛辣と取れる言葉を素で言ってしまう。

しかし、あろうことか柚葉は、真子に対して和やかな笑顔を見せてきた。

「そんなこと言わずにさ。くちぶえって楽しいよ。ね、真子ちゃんも一緒にやってみない？　綺麗なハーモニーを作るために血の滲む努力もありだけど、楽しく演奏するっていうのも、音楽のありかたかなって思うんだよね」

「真子ちゃんって……」

気安く呼ばれて、真子は動揺で頬が熱くなった。お高く止まっていると周囲に見られがちな真子には、やすやすと近づいてくる人があまりいない。同級生ですら敬語で接してくることがよくあった。そういえば、この目の前でほのぼのと笑っている女子が、クラスメイトであったと思いだす。何度か話しかけられたが、人付き合いが苦手な真子にとって、友達が多そうな柚葉はもっとも苦手なタイプだ。親しくするつもりはないと暗に伝えるために無視を貫いたのに、柚葉はまるで動じていない様子だった。

「真子ちゃんにマリンバで伴奏つけてもらうのもアリかも。ね、すごい良いアイディアじゃん。くちぶえ吹きながらマリンバできる？」

　手に持つマレットが震えた。

　森村柚葉は関わり合いたくない人物として、真子の中で認識されていた。しかし、今となっては『敵』に映ってしまう。

（許せない……私は下手くそなくちぶえと合わせたくて、必死にマリンバをやっているわけじゃない。真剣にやってるのに、お遊びに付き合えって……）

「ゆ、柚葉。小鳥遊さん怒ってるよ」

　星良の方は察しが良いのか、呑気に笑っている柚葉の二の腕をつかんで揺すった。しかしもう手遅れだ。真子の怒りは頂点に達していた。

「……次、また下手くそなくちぶえが聞こえたら、満井、森村、あなたたちが遊んでいること、部長に報告する。吹奏楽部から出て行ってもらうから」

「ええっ……」

　真子はスッと眼鏡を掛けなおし、冷たい眼差しを二人に向けた。柚葉は丸い瞳をさらに丸くし、星良は震えている。

　宣言した真子は、スカートを翻してその場から立ち去った。

綺麗な音を求めて、足は自然と音楽室に向かっていた。

コンクール曲の仕上がりは順調なようだった。音楽室から聞こえてくる様々な楽器の音は、美しいハーモニーとなっている。楽器と、それを奏でる部員たち。演奏がはじまると全員の呼吸がピタリと合って、ひとつの音楽を丁寧に、重厚に作り上げていく。剣持先生の指揮や指導の素晴らしさも、志戸学園には必要なピースだ。

真子は演奏を耳にして改めて吹奏楽部を尊敬し、同時に切なさに襲われる。

自分は、その合奏の中に含まれていない。

八つ当たりもあったのかもしれない。言い過ぎたと反省するのは、いつものことだった。

(こんなだから私は、いつまでたっても一人でしか奏でられないのに)

けれどもう口にしてしまった以上、取り消せない。

リノリウムの廊下は、相変わらずぎゅっぎゅと嫌な音を立てる。まるで潰れたかえるのようだと思った。

志戸学園最寄りの目白山下駅から、星良と柚葉は湘南モノレールに乗り込んだ。入学当初は懸垂式の電車に遊園地の乗り物のような物珍しさを感じたが、毎日乗るうちにすっかり慣れてしまった。上りで大船駅まで行く。

今日は午後五時台に部活が終わったため、電車内は学校帰り、会社帰りの人が多く、比較的混んでいた。座れそうになかったので、二人は並んでつり革につかまる。空を走る電車は天気が良ければ湘南の海や富士山が見えたりして景観がとても良いのだが、雨のせいで外はすっかり暗い。黒い窓に斜めに貼りつく雨滴を見ているうち、星良は自然とため息を漏らしていた。

「小鳥遊さん、本当に部長に報告する気かな……」

真子に言われてしまってから、星良はずっとハラハラと落ち着かない状態だった。思わずぽつりと口にしてしまい、柚葉の眼が向けられる。

「真子ちゃん、悪い子じゃないからきっとそこまではしないと思う。たぶんだけど」

「……柚葉は、けっこう小鳥遊さんと話すの？」

星良の問いかけに、柚葉はあっさりと首を振ってきた。

「ううん、今日初めてちゃんと話した感じ。真子ちゃん、わたしが何度話しかけてもほとんど無視だったから」

「想像つくかも……でも気にせず話しかけたりしてたんだよね」

「えっ、星良すごい。なんでわかるの？」

「昔から、そういう光景よく見てたから」

人懐こい柚葉は、たとえクラスで浮いている生徒でも、構わず近づいていく。自分の声にコンプレックスがあり、人見知りが激しい星良にとっては、柚葉の性格はありがたい。きっとひとりぼっちになってしまう場面で、いつもそばに柚葉がいてくれる。声をからかう男子を正面から叱ってくれたりもした。しかし、柚葉の好意を素直に受け入れる人間ばかりではないのは、これまで何度も見てきている。近づく柚葉を嫌がったり避けたりする子もいたし、周囲から批難を浴びたりもしていた。味方も多いが敵も作りやすいのだ。

「うちのクラスで、真子ちゃんちょっと浮いてるんだよね。ひとりでいることが多かったから、なんとなく気になっちゃって。中等部の時からあんな感じだったみたい。お金持ちのお嬢様で、お高く止まってるとか言われちゃって……誰に対してもいつもキレてるって。でも、そんな嫌な子じゃないと思うんだよ。わたしは真子ちゃん好きだな。仲良くなりたいって思う」

星良はふと、屋上でひとり、泣いていた真子の姿を思い出す。

真子と直接会話を交わしたことはない。けれど、周囲に馴染めず浮いている、吹奏楽部でもどかしい思いを抱えている、という点で、シンパシーを抱く部分はあった。自分もいまだ、吹部の空気に馴染めていないし、トロンボーンはただたどしい音で、ハードな練習についていくことだけで精一杯である。けれど、真子と自分は真逆だとも思う。内にこもってしまう自分と、常に攻撃的な真子。同じ部員の彼女を怒らせてしまった以上、息抜きとはいえくちぶえを吹くことに抵抗を感じてしまう。

「くちぶえ、もう吹かない方が良いのかな……」

「もー星良はすぐそうやって真に受ける。でもさ、真子ちゃんは下手くそなくちぶえ吹くなって言ったんだから、もっと上手になればいいんだよ」

「そ、そういう問題なのかな」

「絶対そう。わたしさ、くちぶえの勉強けっこうしてるんだよね。それでね、くちぶえの上達には指導者がいた方が良いんだって」

胸を張る柚葉に、星良は内心呆（あき）れてしまった。あれだけくちぶえにのめりこみすぎるなと言ったのに、星良以上に柚葉がくちぶえの世界の虜（とりこ）になっている。

「って言っても、本格的に指導者を頼むとかスクールに通うとか、そういうのはさすがに今のわたしたちに無理なのはわかってる。本分は吹奏楽部だしね。でもせめて、くちぶえ上級者を味方につけたら、もっとコツとか教えてもらえるのかなぁって。あっ、もちろん星良は十分上手なんだけどね。でもわたしと合わせると、どうしても不協和音になっちゃうのどうにかしたいなぁ」

「くちぶえ上級者……そんな人、知り合いにいる？」

「いないよ」

けろりとした表情で首を振る柚葉に、星良はいよいよ脱力した。

（ほんと、柚葉は楽天的なんだから……もちろん、私も柚葉と合わせた時にもっと

綺麗に聞こえるようになった方が、嬉しいに決まってるけど）

上方から感じる独特の揺れの中、どこかで赤ん坊が泣きだした。途端、周囲の乗客が顔をしかめる。星良は他人や周囲の心に敏感すぎるところがあり、自分が悪いことをしている気分になった。つり革をつかむ手が汗で滑る。泣いている赤ん坊も、それをあやすお母さんも、周囲の乗客も、全部自分の中で背負いこんでしまう。息苦しさを覚え、早く次の駅についてほしいと願った。その時だった。

「〜♪　〜〜♪」

電車内のどこかから、優しいくちぶえの音が聞こえてきた。

一瞬車両内のアナウンスかと思ったが、どうやら生音である。

星良と柚葉は、顔を見合わせる。

自分たち以外の誰かが、くちぶえを吹いている。一体誰がと、星良は車内に視線を巡らせた。くちぶえは唇を大きく突き出すわけでもなく、道具も使用しない。同じ種類の綺麗な高音となるため、男女の聞き分けすら難しかったりする。そのため、すぐに吹いている人物を特定できなかった。

周囲の乗客たちもハッと驚いた反応を見せていたが、すぐにたしなめる空気にならなかったのは、そのくちぶえが抜群にうまかったからだ。

聞き分けが難しくとも、出る音域や癖、技術の修練度で、もちろん違いはある。柚葉の口にした『くちぶえ上級者』とは、今まさに耳にしているくちぶえが当てはまる。

星良も日々くちぶえの動画を見ては、上手なくちぶえ吹きの人たちを目の当たりにしてきたからこそ、深く感じることだった。

演奏しているのはアニメ映画のテーマソング。ほとんど空気のまざったかすれもなく、特に高音を繊細に揺らすビブラートが素晴らしかった。胸を揺さぶるビブラートに、包み込むような安らぎや癒しを感じ、うっとりと聞き入ってしまう。

多くの乗客も感心した様子で聞き入っていたが、それでも、電車内でくちぶえを吹いたら咎(とが)められてしまうのではと、星良は心配になった。そこでふと気づく。いつの間にか赤ん坊が泣き止んでいた。

そちらに目を遣(や)ると、ボックス座席で赤ん坊を抱っこしている母親が、笑顔で

「ありがとう」と言っていた。赤ん坊は不思議そうに目を丸め、小さな手のひらを伸ばしている。それを受けてくちぶえ音が止み、車両内に平穏が訪れた。

（ああそうか、赤ん坊に聞かせるためにくちぶえを吹いたんだ……）

　ということは、母親がお礼を言っている人物が、くちぶえを吹いたのだ。

「ねぇ、星良、あれって……」

「う、うん」

　星良も柚葉も、驚きで言葉を失っていた。

　ボックス座席横の通路に立っている人物は、星良たちに背を向けていた。しかしそれが誰であるのか、星良はすぐに悟った。反応をみるに柚葉も同様だろう。同じ志戸学園の夏服シャツ。特徴的な金髪のお団子。着崩した制服。少し前に志岐乃先生にキレているのを目撃した、一年生の女子だ。彼女はひとりではなく、同じような雰囲気の女子高生数人と一緒だったが、今も赤ん坊の母親と親しげに会話しているのはお団子女子である。

「すごくくちぶえが上手なのね。この子もびっくりしたみたい」

「んなことないっすけど、役に立てたなら良かったー」

耳に飛び込んできた彼女の声は、ガサガサの低音だった。志岐乃先生にキレていた時のドスのきいた声を思い出し、星良はにわかに信じられない気持ちになる。

（……ああでも、私のアニメ声と同じなんだ。くちぶえ音は、誰でも平等）

モノレール内で彼女を見かけたのは初めてだった。雨降りで普段見かけない生徒も多いので、きっと彼女も普段は自転車通学なのだろう。

仲間たちがお団子女子に茶々を入れているうちにアナウンスが入り、ほどなく終点の大船駅に停車した。音を立てて扉が開く。乗客が一斉に降りていく。お団子女子とその仲間たちも、赤ん坊と母親に手を振って下車していった。

星良たちはJR横須賀線に乗り換えるために移動するはずだったが、改札を抜けたところで柚葉が星良の手首をつかみ、別方向へぐっと引いた。

「行こ、見失う前にっ」

「え、えっ？」

唖然（あぜん）とする星良に構わず、柚葉はぐいぐい先へと進む。

「ちょ、ちょっと柚葉。そっちじゃないよ……？」

「勧誘チャンスじゃん。星良もさっきのくちぶえ聞いたでしょ？」

「う、うん。すごい上手だったけど」

「しかも吹奏楽部員。これはもう運命かなって。あの子に仲間になってもらって、くちぶえのコツ教えてもらおうよ」

「ええっ」

　柚葉は手首を解放してくれたが、星良はますます動揺した。

『たかだか部活でしょ。ダンスとかさぁ、マジになってるのダサイって』

　言い捨てた彼女の姿を思い出すだけで、心臓がぎゅっと縮まってしまう。

（こ、怖いよ……）

　止めたい気持ちと裏腹に、星良の喉からは「あ、あぅ……」という言葉しか出てこない。柚葉はさっさと先を行ってしまう。

「ねぇ、ねぇ待って！　えーと、そこのお団子の子！」

　人通りの多い駅構内で、果敢に、四人の女子高生たちに特攻していってしまう。

並んで歩いていた女子高生たちは、そろって振り向いてきた。

「何？　あんたら、同じ学校じゃん？」

　お団子女子が口を開く。

「お団子って、アタシのこと？　成瀬絵留って名前あるんだけど」

「あっ、ごめんね。クラス違うから名前がわかんなくて。絵留ちゃんね、うん、もう覚えた」

（ああもうどうなっても知らない）

　女子グループのじろじろとした遠慮ない視線を浴び、星良は震えながら、柚葉の隣に立ってることしかできない。

「うちら今からカラオケ行くんだけど、一緒に行きたいとかそうゆう感じ？」

　絵留は話を聞いてくれそうな雰囲気だった。志岐乃先生に対しての剣幕は凄まじかったが、先の電車では和やかに赤ん坊の母親と会話していたし、普段はそこまで怖い女子ではないのかもしれないと、星良は希望を見出した。

　すぐに思い直す。絵留以外の他三人の目が、明らかに星良たちを鬱陶しく見ていることに気づいたからだ。舌打ちを漏らしている子もいる。

「絵留、相手にしない方がいいよ。こいつら吹部だ。見たことある」

「こんなとこまで絵留に吹部参加しろーって言いにきたわけ？」

「学校で偉そうにしやがって。ほんと吹部ウザい」

（や、やっぱり怖い……）

星良は思わず一歩後ずさった。反対に柚葉の方は一歩前に出る。

「カラオケに一緒に行きたいわけじゃなくて、わたし、さっき絵留ちゃんのくちぶえを聞いたんだよね。それで、一緒にくちぶえをやろうって勧誘に来たんだ」

「一緒にくちぶえ……？」

絵留が、きょとんと目を丸くする。

「そう、わたしたち、ちょっとした趣味でくちぶえやってて。もっと上手になりたくて、仲間がほしいんだ。吹部の休憩中に一緒にやらない？」

途端、キャハハと嘲る笑いがその場に満ちた。絵留以外の三人が、口々に言ってくる。

「はぁ？　バカじゃないの」

「くちぶえ、くちぶえってマジ……？　みんなで集まってピューピュー吹くわけ？　ウケるんだけど」

「絵留は確かにうまいけど、それはないわー。話はおしまい？　さっさとどっか行けよ」

（ひどい）

星良は、柚葉の二の腕をぎゅっとつかんでいた。恐怖よりも怒りの方が強かった。柚葉のことをバカにする、くちぶえを嘲る女子たちを前に、さすがに腹が立ってしまった。当人の柚葉はというと、きょとんとしたまま黙っていたが。

ひとしきり笑った女子三人は興味を失ったのか、さっさと歩き出した。

「絵留行くよー」

「ああ、うん。ちょっと待って。あのさ――あんたらの名前何？」

「え？　あ、ああそうか。自己紹介してなかったね。わたしは森村柚葉だよ。で、こっちの子が満井星良」

絵留に聞かれて、柚葉はけろりとした表情で答える。先ほど女子たちに嘲笑されたことは、柚葉にはノーダメージだったらしい。

「ふーん……ごめんね？　アタシ吹部はもうやめようかなって思ってて。ダサイし。だから休憩中に一緒にやろって言われても困るっていうか」

「えっ、なんでやめちゃうの？」

「吹部は元々さ、イケメン先輩につられて入っただけなんだよね。でも入ったら熱血のノリについてけないっつーかさ。つまんなくなって……でも、くちぶえ吹くのは楽しいよね。それはわかる」

「ほんと？　じゃあ一緒に……」

「やらないってば。何マジになってんの。そーゆーのウザイって」

「ウザイ……」

三人に再び呼ばれ、絵留は踵（きびす）を返し、立ち去ってしまった。

「ダメだったぁ……ウザイって言われたぁ……」

柚葉ががっくりと肩を落としている。

「私はいけると思ってた柚葉がすごいと思うよ……」

（柚葉には申し訳ないけど、断られて良かった）

星良は詰めていた息を、ようやく吐き出す。

絵留を待つ三人が星良たちの方を睨んでいたのは気になったが、冷たくあしらわれてしまったのだから、もう関わり合いになることもないだろう。

柚葉は好かれることも多いが、敵も作りやすい。柚葉を危険な目に遭わせるわけにはいかない。いつもそばにいてくれる柚葉を守るのは自分の役目であると、密か(ひそ)に星良は思っている。

今日も星良は楽器ケースを開き、マウスピースを取り出して音出しをはじめた。楽器を吹く時の唇の形、アンブシュアを何度か確かめてから、本体を取り出し、トロンボーンのパーツであるスライドとベルセクションを組み立てる。マウスピースを差し込んで、トロンボーンを肩にのせる。

朝練の時間。今日は音楽室で、トロンボーンパートの仲間たちと一緒だ。リーチの長い金管楽器が並んでいる様は壮観で、トロンボーン奏者がスライド管を操る姿は、ビジュアル的にも映える。だが、その列に含まれている星良は、自信満々に音を出すことができない。隣の部員のパーンと通る音に引け目を感じる。スライドを最良に操るために水平に保たなくてはならないのに、どうしても徐々に徐々に、下方へと傾いてしまう。

「満井さん、スライドちゃんと上げて」

黒野先輩から注意され、慌てて管を持ち上げる。部長で三年生の黒野先輩は、もちろんパートリーダーだ。パート練習のメニューを考えたり、顧問からの伝達事項を共有したり、各パートとリーダー会議を行ったりする。つまり、トロンボーンのまとめ役である。そのため、なかなか上達せず、引っ込み思案な星良をよく気にかけてくれていた。だが、部長に目をかけられているからこそ落ち込んでしまう。これ以上部長に迷惑をかけるわけにはいかないと、必死にロングトーンについていく。

すると、すぐ近くで自分を見ている部員がいることに気づいた。

ハッと吹き出す音を止めてしまう。マレットを手にした小鳥遊真子が、星良に近寄ってきていた。何かを言ってくるつもりなのだろうか。星良はすぐに他のトロンボーンにあわせて音を出したが、音は動揺で先ほどよりももっと固く、細くなっている。緊張で肩に力が入り、喉がきゅっとしまっていた。

「……小鳥遊さん、どうしたの？　何か用かい？」

黒野先輩が星良の緊張を察してくれたらしく、楽器をおろして真子に声をかけた。

「いえ。なんでもありません」

真子は早々に踵を返し、立ち去ってくれた。音楽室後方、打楽器の並ぶところへ戻っていく。星良はホッと息をつく。しかし、周囲のパート仲間たちが、真子に対し「何今の」「感じ悪」などと口にしているのを聞いて、複雑な気持ちになる。真子はただ星良の近くに立っていただけで、明確に何かをしたわけではない。それなのにまるで仲間の星良に攻撃をした敵として扱われている。

自分はこの部活にまだ馴染めていない気持ちを抱えていたが、真子の方がもっと居心地が悪い状況に置かれている気がした。

数日経(た)って、気付いたことがある。

真子はやはり、柚葉と星良に目をつけている。注意してきたり、邪魔をしたりするわけではないが、部活で顔を合わせると、眼鏡越しの冷たい瞳が柚葉と星良のことを淡々と監視していた。そうなると息抜きにくちぶえは吹きづらい。もう吹奏楽部をやめたいという気持ちはないが、楽しいと思えることを封じられるのはやはり息苦しい。

放課後の鐘が鳴ったと同時に、星良はため息をついていた。今日もまた、真子に冷たく見られてしまうのだろうか。

ただ今日の星良は日直だったため、すぐに部活には向かわない。日誌を書いてから職員室に持っていくという仕事が残されていた。

柚葉には伝達済みである。そのためてっきり先に吹奏楽部に行ってるものかと思ったのだが、廊下に出ようとしたところで、とつぜん柚葉の声が聞こえてきた。

「エールちゃんっ、一緒に吹部行こうよ」

星良はぎょっとして、教室のスライドドアをほんの少し開き、廊下をのぞいた。

絵留の後についていく柚葉の姿が見えて、星良は頭を抱えたい気分になった。

「行かないってば。アンタほんとウザい」

絵留は柚葉を、しっしっと手で払う仕草をしている。しかし柚葉はまったくめげる様子もなく、親しげな笑顔を向けていた。

「いいじゃんいいじゃん。わたしたちと一緒にやれば楽しいよー」

「やらないって。ほら吹部遅刻するよ？　さっさと行きなよ」

（ああもう、柚葉何やってるの……）

柚葉は、絵留のくちぶえ勧誘を諦めていなかった。

絵留が一年A組であることを突き止め、足しげく絵留のクラスに通っているらしい。星良はこの時初めて目撃したが、星良のクラスの間ですら、そのことが少し噂になっているのだ。それだけ絵留のグループは目立つ。教師ですら、影響力を持っていそうな絵留たちのグループには強く出られないのだという。星良としては、他にも懸念があった。柚葉は特待生としてこの学校に入学している。そのため成績上位を保たねばならないのはもちろん、模範的な生徒でなければならない。素行が良くないと噂されている生徒たちとあまり行動を共にしていると、資格を剝奪されてしまうのではないだろうか。

（そのことわかってるのかな柚葉……）

絵留のグループの他三人が、続いて通り過ぎていった。

「ねぇ絵留ーそんなの無視して、マック行こって」

「ほんとウザイよねー。絵留もさっさとダセー吹部なんてやめなって」

「イケメンは吹部じゃなくてもいっぱいいるし」

女子たち三人は、流行のバンドグループやモデルなどの顔やスタイルについて語り合い、盛り上がっている声が少しずつ遠ざかっていく。

強引に柚葉を連れ戻そうかとも思うが、あの女子たちの間に割って入っていく勇気はない。星良はぎゅっと拳を作って、立ち尽くしてしまう。

「弱虫……」

「誰が弱虫なの？」

「え？　わっ、た、小鳥遊さん……？」

いつの間にか、星良の近くに真子が立っていた。反対のドアから教室に入ってきたらしい。なかなか部活に来ない星良と柚葉を探しにきたのだろう。

「ねぇ満井。森村はなんであの不良の子についてまわってるのか知ってる？」

「え、えーと……」

星良は視線を泳がせた。

どうやら真子は、柚葉が何故絵留につきまとっているのか、その理由までは知らないようだった。知らなくて良かったと思う。くちぶえのうまさに憧れてつきまとっていると言ったら、まだくちぶえを吹く気なのかと真子を再び怒らせてしまいそうだ。

「あの……私、今日は日直で、日誌を持っていかないといけなくて」

「……そう。わかった」

適当な言い訳を見つけられなかったのだが、星良の言葉に真子はあっさり引き下がってくれた。

(あれ……もしかして小鳥遊さん、私たちのことをいまだに怒ってるわけじゃないのかな)

くちぶえでかえるのうたの輪唱をやっていた時は、確実に怒っていた。だが、話しかけてきた真子には憤りの気配はもう消えていた。それなら何故、いまだに柚葉と星良を無言で見ているのだろうかと、別の疑問が生じる。

(……何か、私たちに伝えたいことがあるのかな)

首を傾げつつ廊下に出ると、すぐ後ろに真子がついてくる。そわそわと落ち着かない気分のところで、

「ああ、満井さんと小鳥遊さん」

正面から志岐乃先生と剣持先生が歩いてきていた。志岐乃先生の方が星良と真子に気づき、微笑みを浮かべて近寄ってくる。

吹奏楽部顧問の二人と廊下で遭遇してしまい、星良は緊張で身を固くしながら挨拶をした。真子もしっかりとお辞儀をしていた。

「今から部活に行くところですか？」

志岐乃先生が問いかけてきたので、星良はおずおずと口を開いた。

「あ、いえ、日直なので日誌を届けに行ってから……」

「ああそれはご苦労様です」

「はい……」

「……君は、よく森村さんと一緒にいる……満井さんか」

剣持先生まで会話に参加してきた。高圧的な鋭い瞳が星良をとらえていて、身が竦（すく）む。

「もう少ししたら合奏練習に入るから、集合しておくように」

「は、はい」

「ねぇ満井さん、練習は順調ですか？」

志岐乃先生が突如思いついた風に、少しいたずらっぽい表情で、唇をすぼめてみせた。その表情で察してしまう。志岐乃先生はトロンボーンではなく、くちぶえのことを聞いている。すぐ近くに真子もいて、剣持先生もいるというのに。星良の心臓はヒヤリとして、一気に鼓動が速まっていく。

「え、ええと……が、頑張ります」

「ふふ、応援してますよ」

（まさか志岐乃先生、剣持先生にくちぶえのこと話していないよね……？）

星良は恐る恐る剣持先生の表情を窺う。剣持先生は、無表情で何を考えているかわからない。笑ったところを一度も見たことはないし、必要最低限しか口をきかない。星良には、彼が生徒に人気のある理由はよくわからなかった。高圧的で厳しい顧問としか思えない。

その剣持先生が口を開く。

「小鳥遊さん。君はなんでここにいる」

「え……」

真子は唐突に差し向けられた言葉に、驚きの声を上げた。自分が話しかけられるとは思ってもみなかったという顔だ。

「え、ええと、私は……」

「用事がないなら早く部活に行きなさい。先輩たちは、もう打楽器の基礎練習をはじめている。君もちゃんと同じことをやりなさい。君はまだ一年生なんだ」

「……っ」

真子が表情をゆがめ、唇を嚙んだ。言われたのは星良ではないのだが、星良まで胸がぎゅっと締め付けられた。

（そんな言い方しなくても……）

剣持先生は言うだけ言って、立ち去っていった。志岐乃先生は「頑張って」とフォローになっているのかわからない激励の言葉を真子にかけて、去っていく。

少しの間、星良と真子は立ち尽くして沈黙していた。お互い感情の渦が消化しきれない。真子はきっと傷ついている。見ていて痛々しい表情に、星良は思わず、真子の肩にそっと手をかける。

「小鳥遊さん、あの……大丈夫ですか？　あんな言い方、ないですよね……」

真子は強く首を振ってきた。

「いいの。私は打楽器パートでまだ新人。それなのに一つの楽器に固執して、自分が打楽器パートの誰よりうまいって、みんなの前で言ったの。当然私に対して、打楽器のみんなは冷たくなった。だから剣持先生は、私がこれ以上疎まれないように気を配ってくれたんだと思う」

「そう、なんだ……」

「今でも、誰よりマリンバがうまいって自信はある。でも吹奏楽がそれだけじゃダメなのもよくわかった。ねぇ、満井。剣持先生がなんであんなに慕われているかわかる？」

「え……ちょっと、わからない、です」

「最初は私もそうだった。でも、剣持先生が指揮を執るとね、合奏の音が変わるの。本当に、別物みたいに。個人指導されると、びっくりするくらい音が良くなったりする。みんなをよく見てるし、すごく耳が良い。だから厳しいことを言われても、みんな剣持先生を信頼している。それがあの綺麗なハーモニーを作っている。剣持先生は個人プレーを求めてなくて、合奏をいかに良く聞かせるか、ちゃんとひとりひとり、ひとつひとつの楽器を丁寧に見てくれてる。吹奏楽部にとって、指導者はとても重要なのよ」

星良もハッとさせられる。合奏練習は、同じフレーズを何度もやり直しさせたり、辛辣な言葉を投げつけたりするので、泣いてしまう先輩も多くいる。傍から見ていて辛（つら）くもあるが、確かに剣持先生が指揮棒を振っている時は、思わず聞き入ってしまう。どんどん音が綺麗に重なっていくのがわかる。

真子もまた、剣持先生を尊敬している側であるのだと伝わった。

星良は、早足で部活に向かう真子の背中を見送った。

（小鳥遊さん……すごく焦がれてるんだ。自分もあの『音』に入りたいって）

星良も同じ気持ちだったので、心底理解ができた。

そして届かない想いにもどかしさを抱えているのも、きっと同じなのだろう。

ある日の昼休み。

しとしとと降りしきる雨の中、小鳥遊真子は屋上に来ていた。

小雨ではあったが、ぐるりと見渡す限り生徒の姿は見当たらない。しかし、真子の耳は雨の音以外もとらえた。誘われるまま、音の方へそっと近づいていく。

星良と柚葉が濡れないように給水塔の下に入り込み、くちぶえを吹いていた。三角座りで真子からは背中を向けているため、こちらに気づいていない。脇に空のお弁当箱が置いてあったので、昼食はもう済ませたのだろう。

部活中に彼女らがくちぶえを吹く姿を見かけなくなった。あの日から柚葉と星良を監視するような視線を送っていたので、こっそりくちぶえを吹く機会すら失った様子だ。

（そんなつもりじゃなかったのに。私はただ、謝りたくて……）

一晩思い悩んだ結果、真子は言い過ぎたことを彼女たちに謝罪しようと心に決めた。同じ吹奏楽を頑張る仲間に対し、ただ休憩中の遊びでくちぶえを吹いたことで部から追い出すなどと、どうして自分は酷い言葉をぶつけてしまったのか。少し前にも打楽器パートの仲間に言ってしまったことを、あんなに後悔したのに。

しかし真子の口からは、なかなか素直な謝罪の言葉は出てこなかった。どう言えばいいのか分からない。ただ気持ちだけが先走り、結果、星良と柚葉は、くちぶえを吹かないように見張っていると思い込んだ。日を追うごとに、今更感で言いづらさは募っていく。真子は自分の性格を呪った。何もかも思うようにいかない。

彼女たちのくちぶえを聞くのは久々だった。ただ今日は、じゃれ合うように『かえるのうた』を吹いているわけではなかった。

まるで吹奏楽部の基礎練習のように、くちぶえでロングトーン音階を吹いていた。

ひとしきり音階を終えたので、真子の方を振り返ってくるかと構えたが、柚葉と星良はそのまま二人で会話をはじめた。

「どうかな？　音域かなりひろくなったでしょ？　へっへっへー、舌のポジション変えバッチリになってきた」

「うん。これだけ音域広くなったら色んな曲に挑戦できそう」

「そういうの考えると、ワクワクしちゃうよね。あぁ、もっともっと上達したいなぁ」

「そうだね……上達のためには、強弱のつけかたとかも練習してかないと」

「強弱かぁ……どうしても強く吹いちゃって、音が大きくなっちゃうんだよね」

「口輪筋と、息のスピードでうまく調整していくんだよ。唇をぎゅっとすぼめて、息を速く太く強く。口輪筋を緩め、息の量を少なくしていく」

星良がアドバイスして、実際に吹き始める。音は澄んだ響きのまま小さくなっていった。

「ふえぇ、どうやったの星良？　やっぱりまだ全然追いつけてないのかなぁ」

「年数が違いますから」

「なんかめっちゃマウント取られてるー」

柚葉が対抗心を燃やしてか、再び熱心にくちぶえを吹きはじめた。隣の星良はくすくすと笑う。いつ見ても二人は仲が良さそうで、真子には介入する余地がないと感じてしまう。せっかく楽しそうにしているのだから、気づかれないまま、この場を去った方がいいだろうと思い、真子は踵を返す。

「ねぇ柚葉……成瀬さんのくちぶえ勧誘は、やめにしない？」

そこでふと、星良の深刻な声が聞こえて、真子は足を止めた。

「ん？　なんで？」

「なんでって、柚葉、わかってる？　学校で噂になりはじめてる。成瀬さんのグループと、柚葉が付き合ってるって。それって特待生の資格に、影響が出るんじゃないかって心配で……」

「大丈夫、わかってるよ。そうだねぇ、あんまりしつこくするのも良くないかもね。

でも、絵留ちゃんさ、吹奏楽部やめてないのってなんか理由があるんじゃないかなって思うんだよね。まだ未練があるんじゃないかな」

「そうなのかな……」

「まぁ、星良に心配かけたくないし、そろそろ潮時かなぁって思ってるよ。全然参加してくれる気なさそうだし」

「そっか……」

「さ、わたしたちは練習練習っ、もっとうまくなるぞ」

真子はほんの少し安心していた。自分のせいで彼女たちはくちぶえをやめてしまったかと思っていたが、一緒にくちぶえを吹く仲間を探し、熱心に練習している姿も見られた。いずれ謝罪はしないといけないが、彼女たちのためには、これ以上つきまとわない方が良いのかもしれない。

音を立てないようにそっとドアを開き、屋内へと戻る。

（私がいない方が、ものごとはスムーズに進む）

その事実に気づいてしまうと、寂しさで胸が締めつけられた。

その日、朝練に顔を出した星良と柚葉は、音楽室に微妙な空気が流れていることにすぐ気づいた。

既に多くの部員たちが練習をはじめていたが、音楽室後方に数人の生徒が集まっていた。星良と柚葉も、気になって近づいていく。

中心になっていたのは、打楽器パートの部員たちだった。その中には真子も含まれている。部長の黒野先輩が、困り果てた風に口を開いた。

「うーん、どうしてなくなったんだろうね。池田（いけだ）、本当に心当たりないのか？」

「だからマリンバのところに置いていったんだって。いつもそうしてる」

「練習でマレットだけ家に持ち帰った可能性は？」

「これ学校の備品だし、家では自分専用のバチで練習してるし。くそ、今日練習できねーじゃん」

どうやら、学校備品のマリンバのマレットが、まるごと紛失してしまったらしい。

マリンバ奏者の池田先輩が朝練に来て、そのことで騒ぎ出したのだ。

星良の視線は、自然と真子の方へ向いていた。それは他の部員も同様だったらしい。みんな真子を見ていた。真子は常に自分専用のマレットを携帯していて、今日もやはり四本のマレットを持っていた。みんなの視線が集って察するところがあったのか、真子は池田先輩のそばへと行く。

「あの、今日の練習、良かったらこれ使ってください」

真子が素っ気なくマレットを差し出す。囲んでいる部員たちは、これで解決かとホッとしていた。しかし、池田先輩は拗ねた表情でそっぽを向いた。

「……お前が隠したんじゃねーの？」

「池田！」

すぐに黒野先輩はたしなめる声を上げたが、その場にいる全員が既に聞いてしまった後だ。当然、真子もだ。

咄嗟に口にしてしまった気まずさからか、池田先輩は更に強く言葉を重ねてくる。

「だってさ、マリンバ自分が一番うまいって言い張ってるじゃん。レギュラー外されて、俺に対して嫌がらせしたっておかしくないだろ」

「……」

真子は何も言わなかった。黒野先輩の方が本気で怒っている。黒野先輩と池田先輩の間で喧嘩(けんか)になるかもと、ハラハラ見守る部員たちをよそに、真子が無言でマリンバの上にマレットを置く。

「池田、いい加減にしろよ。嫌がらせでマレット隠した子が、自分の貸すなんて言うわけないだろ」

三年生男子のひりついた空気は、一年生の星良にとっては眩暈(めまい)がしそうなほど恐ろしい光景だった。

しかし、真子はその空気に臆することなく、やっと口を開いた。

「いいんです。元々、打楽器に悪い空気を持ち込んだのは私ですから」

「でも」

「もう、いいんです」

真子の言葉は諦めに満ちていた。黒野先輩が庇(かば)おうとしても、打楽器パートの部員たちは、皆、真子に対して冷たい眼差しを向けている。その原因を作ってしまったのは、真子自身である。眼鏡の奥の瞳は、揺れているように見えた。星良は胸の苦しさを覚える。

真子は、それ以上何も言わず、音楽室を出ていった。

胸のモヤモヤは、昼休みになってピークを迎えていた。

（小鳥遊さんは、絶対マレットを隠したりしないよ……）

真子がどれだけ吹奏楽部に憧れているか、その気持ちは十分に知っている。そんな想いを抱える子が、活動の邪魔になるようなことをするわけがない。でもあの場では、真子が音楽室を出ていくしか方法がなかったのも事実だろう。星良や柚葉が口を挟んだところで部外者ではあるし、打楽器パートの面々は、たとえ部長の黒野先輩が庇ったとしても、真子に対しての良くない感情を拭えない様子だった。

（一体どうすればいいのかな。私に、できることないのかな）

一度、どうしても気になってしまい、授業の合間の休み時間に隣のクラスをのぞいてみた。柚葉が懸命に真子へと声をかけていた。優しい柚葉も、真子が酷く傷ついているのではないかと気にしているのだろう。真子の方はぼんやり窓を眺めていて、ほとんど聞いていない風に見えた。今は何を言っても、彼女の心には届かないのかもしれない。

（小鳥遊さん……やめる気じゃないよね……？）

堪らない気持ちになって、頭を振る。とにかく昼休みに入ったのだから、柚葉を昼食に誘おうと、自分の鞄から弁当の巾着を取り出した。

そうして廊下へ出たところで、曲がり角を折れて階段を上がっていく真子の姿を視界にとらえる。

（小鳥遊さん……？）

隣のクラスに向かうつもりだったつま先は、自然と真子の方へ向いていた。

一年生の教室は、最上階で四階にある。コの字型で繋がった渡り廊下の先は音楽室などがある特別教室棟で、特別棟の階段を上がっていくと、屋上に出ることになる。

少し前に、屋上で泣いている真子を見かけた。どうしても気になって、星良は躊躇いつつも屋上に続くドアを開いた。

霧のような小雨が降っていた。真子は屋上に出て立ち尽くしていた。

制服が、髪が雨に濡れていく。毅然と咲いていた花が枯れ、しおれて小さくなっていっているみたいで、胸が痛くなる光景だった。

行き場を失ってしまい、諦めに支配された真子の心が、星良には痛いほど伝わる。

しばらくの間、星良は真子の背中を、ただ見つめていた。

そうしていると、自分の隣にやってきた人物がいた。柚葉だった。口の前でしぃっと人差し指を立ててくる。

「トイレ行ってる間に、真子ちゃんも星良もいなくなってるんだもん。探しちゃった」

「ごめん……小鳥遊さんが、屋上行くの見えて」

「ね、星良。そろそろアレを披露する時が来たんじゃない？」

ささやき声で、どこか楽しげに目を細め、柚葉が提案してきた。星良には『アレ』がなんなのか即座にわかる。星良はこくりと、強く頷いてみせた。

笑顔の柚葉が、そっと背中を押してくる。

（私は、伝える『音』を見つけた。だからきっと小鳥遊さんにも、私の気持ちを伝えられるはず）

星良はぎゅっと拳を握り、顎を上げた。

かーえーるーのーうーたーがー。

きーこーえーてーくーるーよー。


唇をすぼめて――強く通る高音で、くちぶえを吹きはじめた。

その音が聞こえないわけがない。ハッと、真子が振り向いてくる。

眼鏡に雨滴がはりついて、その表情は読めない。あの日のように怒らせてしまっているのかもしれないと怖くなる。けれど星良は吹くのをやめず、ド、レ、ミ、ファ、ミ、レ、ド、と、唇を震わせ、一音一音を丁寧に確かめるように、ピンと真っすぐに音を張る。

絵留が赤ちゃんを泣き止ませたように、くちぶえには不思議なパワーがある。そう信じた。

だってくちぶえは、顔を上げないと吹けない。

どんな時でも、くちぶえを吹こうとすると自然に顔を上げている。唇を震わせるうち、舌を操るうち、息の調整をするうちに、集中して余計な思考が取り払われていく。教室で初めて吹いたあの日、軽やかな高音に、星良は羽が生えたような気分になった。それは今も変わらないどころか、もっと強くなっていた。リズムにあわせて胸が弾む。可愛らしい音に包まれて、陽気な心持ちになる。

最初のフレーズに戻って、星良は少し緊張した。真子に聞かせたいのは、ここからだった。

かーえーるーのーうーたーがー。

かーえーるーのーうーたーがー。

星良のくちぶえに続いて、重なるくちぶえが聞こえてきた。

柚葉は目だけでにっこり笑って、星良に合わせてくちぶえを吹いている。音程もリズムも、ボリュームも、完璧に合わせてきた。

真子を怒らせてしまってから数日、柚葉と星良は、ひたすらかえるのうたの輪唱の練習をし続けた。ひとえに、真子に嫌な音で不快な気持ちにさせないためにだ。

星良と柚葉は、同じフレーズを延々と繰り返し続ける。

その輪唱に……更に仲間が増えた。

偶然居合わせたのか、給水塔の下に絵留がいた。

どうやら午後の授業をさぼっていた様子で、ねぼけ眼（まなこ）で輪唱に混ざってきた。たぶん深い意味はなく、なんとなくの体（てい）だった。それでも尚（なお）、音はズレない。綺麗に重ねられていく。

真子は雨の下、ずっと星良と柚葉の方を見ていて、何か言いたげに口がぱくぱくと何度も開いては閉じた。

フレーズの追いかけっこに終わりどころが見つけられず、こうなったら一緒にやろうよと、誘うように吹いてみた。柚葉にいたっては手招きしている。

（味方だよ）

（ひとりぼっちなんかじゃない）

（小鳥遊さんと私たちは、『音』が大好きな仲間なんだ）

（だから小鳥遊さんも、一緒に音楽をやろう？）

星良はくちぶえで、伝え続ける。

真子はようやく口を開いた。

「そんな、くちぶえなんて私は――」

刺々しく言いかけて、振り払うように首を振る。

「……綺麗な音なら、悪くないかもね」

星良と柚葉の意図が伝わったのだろう。言いづらそうに声を震わせ、それでも必死に素直になろうと、自分の殻を破ろうとしている様が見て取れた。

輪に入るためには、自分から踏み出さなければいけない。

「私だって、くちぶえくらい簡単に吹けるんだから」

真子は顔を上げ、息を大きく、すぅっと吸った。

第三章
スターティング・オーヴァー

♪♪♪

どうしてこうなったのか、いつからこうなったのかと、成瀬絵留は時折物思いに耽る。その最適な場所が、人気のない学校の屋上だった。授業中なら尚良い。邪魔は一切入らない。数日雨が続いたせいで行きにくくはあったが、給水塔の下に潜り込めば雨風も凌げると学んだ。

午後の授業がだるくなって、絵留は今日も屋上へとやってきた。晴れていたので日差しを避けるために影を探してから、コンクリートの上に大胆に寝そべる。

あれこれ考えていると、自然にくちぶえを吹いている。

最近良く吹いているのは『スターティング・オーヴァー』。

一九八〇年に発表されたジョン・レノンの楽曲だ。外見の派手さにそぐわず、絵留は古い曲が好きだった。というか、物心がついた頃にはもう音楽の虜で、祖父母や父母の聞く音楽をよく聞き漁っていたから、耳にするのが自然に懐メロとなっていた。自分も同じように歌いたいと、耳に入ってくるメロディーや歌詞を一生懸命覚えた。だが、自分の声は低くて、あまり歌うことに向いていなかった。声が嫌いだったわけではないが、くちぶえの方が綺麗な音で同じように歌える。そのため自分が気に入った曲はすべてくちぶえで吹けるようにしていった。特に音楽の素養があるわけでもなく、独学で身に着けたくちぶえは、たまに友達に「へぇ、上手なんだね」と驚かれるくらいのものだ。それが自分の人生に意味を持たせるわけでも、活かせるわけでもない。ただ好きなだけ。

遠くから風に乗って、楽器の音が聞こえてくる。吹奏楽部の練習が始まったことで、もう放課後になったのだと気づいた。絵留は身を起こす。見回す屋上には誰の姿もない。

（どうしてアタシは、ここにいるのかな）

吹奏楽の音は、特にクラリネットやフルートの木管楽器は胸に少しだけ沁みる。けれど耳を塞いでしまいたいほどではない。

大船に住んでいる絵留が進学先を志戸学園に選んだのは、海が好きだったからだ。どうせなら、海の近い高校が良い。自転車で海に向かっていく志戸学園への道が気に入り、自分の内申点と照らし合わせて受験した。中高一貫ではあったが、高等部からの受け入れも多い。吹奏楽部や野球部で神奈川でも有名な部活校なのはもちろん知っていたし、中学生の頃から吹奏楽部をやっていたけれど、決してそれが選んだ理由ではない。

だが、結果的に、絵留は吹奏楽部に入部したのだ。

そして、今は部活に出ていない。

初夏の風が汗ばんだ肌に当たって、気持ち良かった。微かに潮のにおいを感じる。

その風に乗せるように、絵留はひとり、くちぶえを吹く。

絵留にとって、くちぶえもフルートも、歌うことと同義だった。

どうしてこうなったのか答えが見つけられなくて、ただ繰り返しあの頃の記憶を、音楽に乗せて頭の中で再生してしまう。

入学して間もなくは、探り合うようにして、クラスの女子たちがグループを本格的に固めはじめる時期だった。

絵留もそわそわと落ち着かない気分だったが、中学の頃に吹奏楽部で一緒だった吉野が同じクラスにいたので、その子と親しくしていた。だが、元々派手な容姿だった絵留は、同様に派手な女子、桂木たちから声をかけられはじめていた。絵留は嬉しかった。コスメの話や恋愛の話で盛り上がれる、クラスで目立つ桂木たちの仲間になれる。さほど友達関係に悩みを抱いたことはなかったが、いわゆるカースト上位の仲間入りともなると、さすがにテンションが上がっていた。

とはいえまだグループはしっかり定まりきっておらず、吉野に誘われた部活見学でなんとなく吹奏楽部を見に行ったりした。

絵留としては、部員数が多い本格的な吹奏楽部に引いている部分があった。自分の出身中学は十数人の弱小だったし、そこまで熱く部活に打ち込んできたメンバーではなかった。コンクールだって大した成績も残せず、上の大会に進めたこともない。吉野は乗り気になっていたが、絵留は見学だけして帰ろうかなというくらいの気持ちだった。音楽室の隅で壁に背をつけ、つまらなそうにただ練習風景を眺めていた。

そこで二年生の小山田先輩に出会った。

クラリネットを手に、彼は笑顔で絵留に声をかけてきた。一目で良いなと思う、清潔感のある整った顔の男子に見つめられ、絵留は頬を染めた。

「君さ、もしかして、中学の頃フルートやってた?」

「……そうですけど」

「やっぱり。去年のコンクールで見かけたからさ、君のこと覚えてて。すごく良い音出すなって。入部したらフルート吹くんだよね」

「それは、たぶん」

「楽しみだな」

そんなことを言われて、悪い気がしないわけない。中学の小編成の、弱小吹奏楽部でフルートを吹いていた自分を覚えてくれていた。その時に、絵留は入部を決めたのだ。イケメン先輩につられた。もしかして初彼氏ができるかもという、軽い気持ちだった。もちろんフルートを志望した。

それから数日は、真面目に部活に参加していた。

ただ、そのことで桂木たちとの間に溝が生じ始めていた。彼女たちとの付き合いも大切にしないといけないし、部活は想像以上にハードで、絵留より吹けるフルート奏者はいくらでもいた。その時期の絵留はピリピリしていたように思う。

ただひとつ、小山田先輩の存在が、自分にとってモチベーションの源だった。

——彼が、フルートの五十嵐先輩と付き合っていると知ってしまうまでは。

五十嵐先輩はフルートの1stで、大事なソロもよく任されている。美人で優しく、みんなが憧れているような人だった。

同じ木管楽器で二年生同士、美男美女の爽やかカップル。吹部内でも羨望の眼差しを集める公認の仲。

そこに絵留の入り込む余地は一切なかった。

途端に、熱血吹奏楽部に参加している自分も、小山田先輩の言動に一喜一憂していた自分も、ばかばかしくなってしまった。恋愛感情にも発展していない、ちょっと良いなと思っただけの相手。部活だって恋愛だって、真剣になればなるほど、傷つくのは知っている。今なら小さな傷だけで、抜けられる。

その日から、絵留は桂木たちとの関係を優先するようになった。気づけば髪を金色に染め、アクセサリーを付け、化粧をしっかりするようになっていた。放課後は流行のカフェやカラオケに行くようになった。桂木たちとサボるうちに、授業のサボり癖までついてしまった。今の自分に入学当時の面影は残っていない。嫌なわけではない。桂木たちは好きだし、今の自分も悪くないと思う。

けれど、自分のいる世界が音楽から遠ざかれば遠ざかるほど、追いかけるように『スターティング・オーヴァー』を吹いてしまっている。


晴れた昼休み、森村柚葉は屋上に出てきていた。

七月も半ばを過ぎ、夏休みは目前に迫っている。外気はすっかり夏のものだった。梅雨が明けた途端、ミーンミーンジーワジーワと蝉(せみ)の声はうるさく、ぎらつく太陽が眩(まぶ)しい。それでも高い場所は風通しが良く、くちぶえの音がどこまでも乗っていく気がするので、柚葉にとってすっかりお気に入りの場所になってしまった。

強引に連れてきた星良、真子と並んで、フェンスを背にし、段差に腰掛けて足を伸ばす。腿(もも)の上にはお弁当。これが最近のお決まりコースだ。

柚葉は内心で、『かえるのうた』の輪唱にまざった真子を、くちぶえ吹き仲間に勝手に含めていた。真子の方は、特段くちぶえを吹くことに積極的ではない。それでも柚葉がお昼に誘うと断らなくなった。

一時の真子は打楽器パートでの立ち位置が悪くなり、吹奏楽部をやめてしまうのではと心配していたのだが、マレットがなくなったとあれだけ騒ぎ立てた池田先輩の鞄（かばん）から、あっさりとマレットが出てきた。故意に隠したわけではなく、本当に無意識に自分の鞄に入れてしまったのだそうだ。池田先輩は真子に平謝りし、真子もそのことを責めたりしなかった。相変わらず不器用で言葉を選ばない真子だが、生真面目に基礎のリズム打ちに参加し、前よりは打楽器の仲間と打ち解けられたようだった。

それに、吹奏楽部自体が、些細（ささい）な揉（も）め事をいちいち気にしていられないという事情もある。夏の吹奏楽コンクールと野球部の甲子園予選の応援曲練習が重なり、この時期の吹奏楽部はとても忙しい。練習時間は延長に延長を重ね、一分一秒を惜しんで部活に打ち込まなければならなかった。

――そんな中で、柚葉は集中しているとは言い難かった。

レギュラーを取れなかったことが理由ではない。もちろん部活には真剣に参加しているし、トランペットの練習に打ち込んではいる。

『そんなこと言わずにさ。くちぶえって楽しいよ。ね、真子ちゃんも一緒にやってみない？　綺麗なハーモニーを作るために血の滲む努力もありだけど、楽しく演奏するっていうのも、音楽のありかたかなって思うんだよね』

……少し前に真子に向けた言葉は、柚葉の中で少しずつ膨れていく想いそのものだった。

吹奏楽部員たちは、泣いて、しがみついて、努力して、全身全霊を部活に注ぎ続けている。それも青春の在り方だろうし、大人になったらきっと良い思い出になってくれるのだと思う。

けれど、音楽の楽しさを知れば知るほど、わからなくなってくる。ピッチが不安定でも、リズムがバラバラでも、譜面通りでなくても、柚葉は自分が楽しみ、誰かが楽しんでもらえることに幸せを感じる。自分にとっての音楽は吹奏楽部にはないのかもしれないという気持ちにとらわれる。

ただ柚葉は深く思い悩むタイプではなかった。

柚葉の父は主に海外で活動している、ジャズトランペット奏者だった。業界ではまだほんの新人のようなもので、インターネットで検索しても、古い記事に演奏会のメンバーとして小さく名前が載っている程度だ。

その父が海外である時とつぜん行方不明になってしまった。

父のいなくなった理由が知りたくて、父の見た景色を見たくて、自分はプロの演奏家になると決めた。プロの演奏家になるためには、それこそ血の滲む努力が必要だろう。生じはじめた違和感はさっさと拭って突き進もうと、その日のお弁当を勢いよく空にした。

星良の方を見ると、既に食べ終えており、ため息まじりにスマホを操作している。

「どうしたの星良？」

「柚葉……これ見て」

星良が自身のスマホの画面を見せてきた。スケジュールアプリを開いていたらしく、画面上のカレンダーはビッシリ吹奏楽部関連の予定で埋め尽くされていた。夏休みに入ってからもそれは変わらない。

「せめて……海くらい行けるかな……」

鬱々と呟く星良に、柚葉は苦笑を漏らす。

この地域の強みといえば、やはり湘南の海だ。自然の多い観光地で街並みは綺麗だし、少し自転車で行けば、海沿いに江ノ電が走る美しい海岸線が見えてくる。柚葉と星良にとって、海は気軽に行く遊び場の認識だった。

「日帰りなら海くらいは行けるんじゃないかな。まったく休みがないわけじゃないんだしさ」

「うち、由比ガ浜に別荘持ってる」

真子も会話に参加してきた。前は話しかけてもほとんど反応してくれなかったことを思うと、柚葉は嬉しくなって身を乗り出した。

「別荘!? ふぇえ、真子ちゃんってやっぱお嬢様なんだね」

「そんな大したものじゃないけど……もし夏休みに出かけるなら、そこを使わせてもらって一泊くらいはできるかも」

別荘という単語を同世代からナチュラルに聞くとは思わなかった。柚葉同様、星良もぽかんと口を開けてしまっている。

「そんな、小鳥遊さん、いいんですか……？」

真子はふと無言になって、眼鏡越しの瞳で星良をじっと見つめた。

「え、な、なんでしょうか……？」

「……なんで私にはそんな……」

「わ、私何か変なこと言いました？」

「だから、その……！」

「えっ、えっ、ご、ごめんなさい……」

柚葉から見て、この二人のやり取りはまだぎこちない。星良は大人しくて、真子は口下手であるため、うまく距離を測りかねているようだ。ただ、お互い親しくなりたいと思っているのは伝わってくる。柚葉としてはもどかしいが、余計な手出しはしたくない。しばらくは見守るしかなさそうだ。

そんなことを思っていた矢先、不意にくちぶえの音が聞こえてきた。

その場にいた三人ともが、ハッとして音の聞こえてきた方向へ目を遣る。

金髪お団子の派手な女子高生――成瀬絵留が、笑顔で柚葉たちの方へと歩み寄ってきていた。

「……」

「よっ、今日もやってる？」

「あ、絵留ちゃんだ。やっほー」

柚葉は快活に応じて、手を招くように振った。

「この暑い中、よく屋上なんて出てきてるよねあんたら」

いつも一緒にいる同じクラスの友達三人はおらず、絵留はひとりだった。

あの日『かえるのうた』輪唱で仲間に入ってくれた絵留は、どうやら柚葉たちのくちぶえに興味を持ったらしく、最近はこうしてたまに現れる。相変わらず吹奏楽部には顔を出して来ないし、柚葉たちと行動を共にしているというわけでもないのだが。

ふと気になって真子の方を見ると絵留の出現に対し、隠そうともせず不機嫌な表情を露（あら）わにしている。

「なに？　何か用事？」

「べっつにー？　まだくちぶえやってるのかなって見に来ただけだし？」

絵留は意地悪く目を細める。

「マコっちのあのカッスカス音が耳にこびりついて離れなくて。ちょっとは通る音になった？」

真子は、みんなで『かえるのうた』を輪唱した時、私だってくちぶえくらい吹けると言って、とんでもなく調子はずれなくちぶえを披露してみせた。

音は出ていたし、音程もなんとか取れていた。ただ、訓練した星良や柚葉、元々上級者の絵留からしてみれば、混ざってきた音はやはり素人で、それに調子を合わせるのは困難だった。結局すぐに輪唱は崩れてしまった。そのことも楽しくて、柚葉はけらけら笑ってしまった。やはり柚葉は、音楽ってそんな風でいいじゃんと思ってしまう。

真子が眉間に皺を寄せ、口を開く。

「……私はくちぶえ吹きの仲間じゃない。あなたこそ関係ないんだから、いちいち来ないでくれる？」

「アタシ、ユズに勧誘されてるから」

「私だって森村に勧誘された」

何故か火花を散らす二人。

ここ数日で、清廉潔白なお嬢様然とした真子と、いかにもギャルの風体な絵留は、とんでもなく相性が悪いのだと判明した。柚葉は苦笑いを浮かべ、星良はハラハラした表情だ。

「成瀬、あなた、ちょっとくちぶえが吹けるからっていい気になってない？」

「なってないなってない。マコっちみたいにスッカスカの音の人がほとんどだけど、くちぶえなんて誰でもできるじゃん」

「くちぶえを甘く見ないで」

真子がぴしゃりと言い放ち、唐突に語り出した。

「あなた、くちぶえで音が出る仕組みについて、ご存じ？　口の中に空気の圧をかけて乱気流、ノイズを発生、口腔内で共鳴させているの。ヘルムホルツ共鳴っていうのよ。そうすることによって増幅されたくちぶえの音は、人の耳にとって聞き取りやすい周波数域になる。くちぶえの音は、人の口から出る音でありながら、かなり遠くまで聞こえるようになっているの。だからくちぶえはすごいのよ」

矢継ぎ早に話す真子は止まらない。

「くちぶえは舌の位置や形、唇の拡げかた、口腔内の広さによって音を変える。修練を積めば3オクターヴまで出せるようになるし、ビブラートだってできるようになる。息を吐き出す時だけじゃなく、吸い込む時にも音を出す技術を身に着ければ、間断なく音を出し続けることができる、とても有能な楽器なの」

短期間でずいぶんくちぶえに詳しくなっていることに、柚葉はただただ驚いていた。

「森村や満井、成瀬が、おそらく無意識にやっているのは歯笛という奏法で、そのほかにも指をくわえてより遠くに音を届ける指笛、手を使うハンドオカリナなんていう奏法もある。くちぶえには無限の可能性があるし、音楽的にも優れているといって過言じゃないの。わかった?」

ようやく語り終え、真子は大きく息を吐き出した。

柚葉は拍手を送りたい気持ちだったが、どうやら絵留にはあまり響かなかったらしい。頰をぽりぽりとかいていた。

「んー……そんなこと勉強する暇あったら、くちぶえ上手に吹けるようになる練習しなよ」

「だっ、だから私はくちぶえに参加してるわけじゃないって言ってるでしょ」

「いやマコっち、くちぶえに興味津々じゃん」

「うっ、うるさい」

突かれたくない部分だったのか、真子が頬を赤くしている。柚葉はこれ以上二人がヒートアップしないように、さりげなく割って入る。

「絵留ちゃんは、くちぶえに参加してくれるの?」

改めて絵留を仲間に勧誘してみる。と、嘲るようにふっと笑われてしまった。

「だから、アタシはやらないってば。下手くそなくちぶえをからかいに来ただけ」

「そっかぁ、残念……」

(……なんだろう。絵留ちゃんの表情、どうも胸に引っかかるんだよなぁ)

柚葉は決して相手の気持ちがわからない子ではない。一緒にくちぶえを吹こうと勧誘して、本気で嫌がられるようならそれ以上にしつこくしたりはしない。だが、絵留の小ばかにした笑いは、どこか自嘲気味に見えた。諦めと痛みが、細めた瞳の奥で揺れているような気がした。だからどうしても気になって、何度も声をかけてしまう。

(本当は、一緒にやりたいんじゃないかなって)

絵留の言を真に受けた真子は、顔を一層真っ赤にしている。

「下手くそ下手くそって……」

「で、マコっちは今日吹かないの？　聞いてあげるから吹いてみてよ。ほらほら」

「……あなたの前では二度と吹かない」

すっかり拗ねてしまったらしい。

絵留は肩をすくめ、柚葉の方に向き直る。

「大体さ、ユズはくちぶえで何がしたいわけ？」

「へ？」

不意に投げかけられて、柚葉は変な声を出してしまった。

「へ？　じゃなくて。一緒にやろうってどういう意図なのかなって。仲間集めて何かする目的でもあるの？　くちぶえってさ、誰かと合わせるの難しいんだよ。ひとりで吹いてる方が気楽じゃん」

「えーと……そういえば、なんでわたし仲間を集めてたんだっけ……？」

星良の方を見ると、呆れた表情で口を開く。

「……元々は、私と柚葉の、吹奏楽部の息抜きにしようって。それで……小鳥遊さんに下手くそって言われて、だったら二人で吹いても上手になればいいんだって。

上手な成瀬さんに、入ってもらえばもっと上達するって、柚葉言ってたよ」

「あーあーそうそう！」

柚葉はぽんと手を打った。

「んじゃ、仲間を集めて何かするっていう気じゃなかったんだ？」

「言われてみれば、そうだね。みんなで吹いたら楽しいかなってそれだけ」

えへへと笑うと、絵留も真子も呆れた表情になる。

（でもそっか……せっかくくちぶえ練習してるんだし、仲間を集めて何かするの、良いかも）

三人の呆れた表情とは裏腹に、ひらめきを得た柚葉は胸をわくわくと躍らせた。瞳も輝いてしまっている。

「あの、柚葉……？　その表情すごい嫌な予感がするやつなんだけど……」

「四人でくちぶえ合奏して、動画投稿しない!?」

星良の声にかぶせるように、柚葉は勢いよく提案していた。星良は「ああやっぱり……」と、頭を抱えている。

「あのさユズ、アタシの話聞いてた？　くちぶえは合わせるの難しい。それにアタシはやらないって言ってる」

絵留がきっぱりと告げてくる。

「あ、そうだった」

柚葉としてはとても良いアイディアだと思ったのだが、そもそも絵留は一緒にはやらないと言っているのだった。しかし柚葉の興奮はなかなか収まらない。これまでくちぶえは勉強として動画で何度も見聞きしてきた。自分も動画投稿する立場になってみたい。そう思い始めたら止まらない。星良、絵留、真子の三人はまるで乗り気ではない表情だが、自分だけでも一度やってみようと心に決める。

ひとり頷(うなず)いていると、絵留が、ふと星良の方に目を向けた。

「下手くそって言ったけどさ、そういえばセーラはくちぶえうまいよね」

「星良はくちぶえ年数が違うからね」

柚葉は自分のことのように、誇らしげに胸を張る。

「ああ、なるほど。アタシもセーラと同じで、ちっちゃい頃から好きで吹いてた。セーラのくちぶえ聞いて、あんたたちのやってることにちょっと興味が出たんだよね。セーラはなんでくちぶえをやろうと思ったわけ?」

「え……ええと……」

絵留が星良を見つめている。それだけのことで、星良が緊張してしまって喉がつかえているのが見て取れた。

「星良はお風呂で練習したんだって」

咄嗟に助け船を出してしまっていた。普段柚葉は、あまり星良の代弁はしないように努めている。幼少の頃こそ世話を焼いていたが、この年齢になっても続けていたら対等な関係でいられなくなる気がしたからだ。星良も望んでいない。けれど時には星良に助けられる場面もあるし、自分が助けることもある。手出しのできるボーダーラインはお互い心得ているつもりだ。今も柚葉の発言に、星良はホッとした表情になってくれた。

絵留の方は星良が口をきかないことを、気に留めていない様子だった。うんうんと強く頷いている。

「わかる」

「わかるんだ？　絵留ちゃんもお風呂派？」

「風呂は定番っしょ。ユズもお風呂で吹いてみ？　くちぶえ音が綺麗に聞こえて、一気に上達するから」

「へえー、うーん、でもわたしは難しいかも。妹と一緒に入ってると、ゆっくりお湯に浸かる余裕もないからなぁ」

「お風呂……お風呂ね」

ぽつりと呟いたのは真子だった。どこかしっかりと頭に刻んでいる様子で。しっかりとくちぶえ知識も蓄えていたし、見えないところで実はくちぶえ練習も重ねているのかもしれない。

「あれ、でもそれ、答えになってなくない？　お風呂で練習したのは、くちぶえ始めてからでしょ？　アタシは始めたキッカケを聞きたかったんだけど」

絵留に言われて、それもそうだと柚葉も納得してしまう。視線が集まったことで、星良の頬が染まってしまっている。

「ええと……その、思い出せなくて。たぶん、吹き始めたのは幼稚園の頃だったとは思うんだけど……」

「ふーん。ま、いっか。とにかくセーラのくちぶえ音は良いよね。また聞かせてよ」

絵留の言葉に、星良は少し勇気を得たらしい。おずおずと口を開く。

「で、でも小鳥遊さんに下手くそって言うのは……よくないと思う……」

柚葉はおっ、と内心呟く。

幼少の頃から知っている星良は、絵留のような怖い雰囲気の子に決して何か意見したりはしない。先日真子に『かえるのうた』を吹いてみせた時にも感じたのだが、くちぶえは星良にとって精神的な成長を促しているのかもしれない。

(やっぱりくちぶえは星良の『音』で、自信になってる)

柚葉はそう確信を強めた。

「ん？　別に本気で言ってないって。じゃれてるだけっしょ……アタシはこういうヤツだし、あんまりマジになんないでよ。つーかさ、くちぶえってそういうもんじゃないの？　からかったり囃したりさ。そういう時に吹くでしょ。軽いノリでいいじゃん。ね、マコっち」

真子はふんとそっぽを向く。真子と絵留が仲良くなる姿は想像がつかないなと、柚葉は苦笑してしまう。

「ああわかったわかった。ごめんね、もう言わないって。固いなぁ。もっと気楽にいこうよ」

肩をすくめた絵留は、それでも星良の意見を聞き入れて真子に謝罪した。

それからフェンスに身を預け、何気なくくちぶえを吹き始めた。

ガサガサの低音ボイスから想像がつかないほど、滑らかな高音が響く。

「～～♪　～～♪」

気ままな子だなと、柚葉は感じる。くちぶえにもそれが顕著に出ている。抜群にうまいが、自由な彼女と合わせるのは確かに大変そうだ。あるいはリードを彼女に任せてしまえば良いのかもしれない。ビブラートをきかせた情感たっぷりのくちぶえは、主旋律に相応しい。そこまで考えて、一緒に吹くことを想定している自分に柚葉は内心笑ってしまう。

（みんなで一緒に吹いてみたいなぁ……絶対楽しいと思う）

真子と星良も、絵留がくちぶえを吹きはじめると、途端に静かに聞き入っていた。

柚葉はますます嬉しくなる。みんなすっかりくちぶえの世界の虜だ。多分、誰より自分自身が。

（にしてもこの曲、なんて名前だっけ。聞いたことあるような気がする）

結局曲名が出てこないまま、ひとしきりくちぶえを吹いて、絵留はふぅと息を吐き出した。

柚葉は盛大な拍手を送る。

「絵留ちゃんやっぱりすごい。わたしもそれくらい吹けるようになりたいな。ねっ真子ちゃん、いっぱい練習しなきゃね」

真子に同意を求めると、絵留のくちぶえにすっかり毒気を抜かれた表情で頷きかけたが、ハッと我に返って首を振る。

「私はくちぶえの仲間じゃないって言ってるのに……私にはマリンバの練習があるの」

「マリンバ伴奏でくちぶえやろう」

「それ本気だったの……？　私に対する課題重くない……？」

「マコっちにくちぶえ吹かせちゃだめだって。でもマリンバ伴奏はアリかも。ウクレレ伴奏も良いよね」

「あーわかるわかるっ」

何度も相槌を打っているところで、絵留がおもむろにポケットからスマホを取り出した。どうやら通知が届き、バイブが震えたようだ。

「あ、やば。桂木たちに探されてる。戻らなきゃ。じゃあね」

絵留はそれだけ言って、あっさりと屋上から姿を消した。

「……ほんとなんなのあの子。もう来ないでほしい」

よっぽど絵留が気に入らないのか、真子が辛辣に吐き捨てている。

「でもさ、くちぶえやっぱりすっごかったよね。さっきの曲カッコよかったー。なんて曲だろ？　なんか聞いたことある気はするんだけど」

「……スターティング・オーヴァー」

真子がぽつりと言ってきた。

「すごく綺麗だった。綺麗な音楽は好き……あの子のそれだけは、認める」

音楽の素養がある真子は知識も豊富だ。すぐに曲名を教えてくれたので、柚葉は後で原曲を聞いてみようと思う。

（でも、なんでその曲を選んだのかな）

柚葉が首を傾げていると、星良が二の腕をがっしりつかんできた。何事かと振り向くと、星良は辛そうに眉を下げている。

「熱中症になりそう……私たちも校舎、戻ろう」

「あはは、確かに……」

噴き出す汗を拭いつつ、お昼休みに屋上で過ごすのはもうそろそろ限界の季節なのだなぁと実感した。

思い立ったが吉日。

その日の夕食やお風呂を済ませてから、柚葉は自室にこもった。学習机に向かっていたが、勉強用具は周囲に置いていない。机の上のスタンドにスマホを立てかけて、自分の方へと向けている。

録画ボタンを押し、先ほどから何度も繰り返し、くちぶえを吹いていた。選曲は『カントリー・ロード』。柚葉が唯一まともに吹ける曲である。

ああでもない、こうでもないと、繰り返し吹いては、再生してみて確かめる。自分がくちぶえを吹く姿を見聞きしたのは初めてだったが、映像で見るとまるで素人だなぁと苦笑いが漏れる。

（まぁ、試しにやってみるのもアリだよね）

気軽に動画投稿できるサイトで柚葉はチャンネルを開設した。そこで自分のくちぶえ演奏を投稿するつもりだった。付け焼刃の知識なので、音声や映像の編集もできず、撮りっぱなしそのままのものを出すしかない。しかし行動力の塊である柚葉に迷いも躊躇(ためら)いもなかった。学生という立場上、さすがに顔出しはまずいかなとカメラで映したのは口元だけだ。

何度か録画してみてその中で一番聞けるものを選び、勢いに任せて投稿ボタンを押した。さすがに鼓動が速くなっている。そのタイミングで妹の乙葉が部屋のドアを威勢よく開けたものだから、柚葉は飛び上がりそうになった。

「わぁっ！　……って、乙葉か……びっくりしたぁ」

「もうねるー」

「ああうん、もうそんな時間なんだね。さっさと寝なよー」

寝ぼけ眼(まなこ)をこすりつつ、乙葉が二段ベッドの階段をのぼっていく。柚葉が自室にこもって勉強していることが多いため、乙葉は寝る前まで弟たちとゲームをしたり、リビングで母と過ごしたりしている。部屋を占領してしまっていることを申し訳なく思っていると、二段ベッドにのぼった乙葉が、柚葉の方を見下ろしてきた。

「おねーちゃん、今日もお口で楽器のれんしゅーしてたの？」

「あ、聞こえちゃった？」

どうやら部屋の外までくちぶえが聞こえていたらしい。冷房をきかせて窓を閉め切っているとはいえ、夜中には気をつけないといけないないなと心に留める。

「うん。ぴゅーぴゅーって。とってもじょうずになったねえ」

「えへへ、まあね」

妹に褒められ、満更でもない気持ちになった。先ほど自分の音声を聞いてみた時、あまりの素人感に少しがっかりもしていたのだ。

「でもさ、おねーちゃん、今日は楽器持って帰ってきたのに、なんでお口使ってたの？　楽器は使わないでいいの？」

「え……」

言われるまで忘れていた。

振り返ると部屋の隅に、トランペットのケースがぽつんと置かれている。そういえば、今日は学校から借りているトランペットを持って帰ってきたのだ。

柚葉はなんとなく焦ってしまい、小走りに楽器ケースへと駆け寄る。急いでケースを開けて、トランペットを取り出す。

既に乙葉が寝息を立て始めていたので、吹くことは叶わなかった。代わりにもならないが、クロスで撫でていく。

（……わたし、なんで忘れちゃってたんだろ）

野球部が夏の大会予選で順当に勝ち進めば、吹奏楽部は応援に行くことになっている。その時は柚葉たちも演奏に参加するため、応援曲の練習を家でもしようと持って帰ってきたのだ。その時はトランペットの練習をするつもりだったのに、家に帰ってきてからの柚葉は、くちぶえの動画投稿で頭の中がいっぱいになっていた。

「ごめんね」

ほんの少し、目頭が熱くなってしまう。トランペットは大好きだ。借り物だけど、毎日丁寧にお手入れしている。父と同じように大舞台で吹いてみたいという気持ちは変わらない。けれど、自分の中で起きている心境の変化から、これ以上目を逸ららすこともできなくなっているのも事実だった。

柚葉は胸に、ぎゅっとトランペットを抱きしめていた。


翌朝、深く眠れなかった柚葉は、目覚まし時計が鳴る前に起きだした。ベッドから降りて、カーテンを開ける。まだ日が昇りきっておらず、空が白みはじめる時刻だった。柚葉は毎朝自分で弁当を作っているので、伸びとあくびをしつつ階下のキッチンへと向かう。

その途中で、手に持つスマホを起動させていた。昨日投稿したくちぶえ動画に反応が返ってきているか確かめるためだ。

再生回数は数十回。有名配信者でもなく、投稿したのは素人感丸出しの撮りっぱなしくちぶえ演奏たった一本だけなので、まぁそんなものかと思う。でもコメントが入っている。初めての経験に、柚葉の胸は高鳴る。

(すごい……会ったこともない人がわたしのくちぶえ聞いて、コメントくれたんだ)

コメントは三件入っていた。『なかなかうまいね』『顔出ししてよ』など、特に内容はなかったが、それでも嬉しくなって口元がむずむずした。

三件目のコメントでは『聞かせる音が録りたいなら、ちゃんと高音を拾うマイクを使った方がいい。次を待つ』と、アドバイスをくれていた。

（マイクか……なるほど）

確かに他のくちぶえ動画を見ると、ちゃんとしたマイクを通してくちぶえ音を聞かせている。シルボというアカウント名の人に、柚葉は感謝した。

ご機嫌になってキッチンに行くと、既に母の彩音がコンロの前に立っていた。

「あれ、お母さんおはよう」

「あー柚葉おはよー。ふぁぁ……ねむぅ」

大口で欠伸をしながら、野菜炒めを作っていた。細かく刻んだ野菜と肉を、フライパンで手際よく炒めている。シンクにはお弁当箱が置いてあり、中をのぞくと既に玉子焼きやエビフライが入っていた。

「……今日、航と翔、乙葉って弁当持ち……じゃないよね？」

高校生になると、基本は毎日お弁当が必要となる。そのため日々の弁当作り、朝食作りをやると決めたのは柚葉の方だった。バリバリに働いている母をサポートするために、できることはする。だが、小学生組が弁当持ちの日は、さすがに母も早朝に起きだして弁当作りを手伝うこともあった。柚葉の知っているスケジュールでは、今日は小学生の弁当日ではないはずだ。

彩音はふっと笑った。

「なーに言ってんの。これは柚葉のやつ」

「え、だって弁当作りはわたしやるって……」

「柚葉さぁ、最近忙しいでしょ？　お母さんそういうの全然詳しくないんだけどさ、大会がいくつもあって、帰りも遅くなってるし。今は部活、頑張らなきゃいけない時期なのかなって。だからこういうのは、助け合い」

笑顔で言われて、柚葉は思わず彩音の背中にしがみついていた。

「お母さんありがとう……」

「はいはい。焦げちゃうから離れててよー」

「わたし、部活頑張る。絶対トランペットのレギュラー取るからね」

「……うん、頑張れ柚葉」

母は何かを言いたげにしているように見えた。もしかして今まで語らなかった父のことを聞かせてくれるかもしれないと、柚葉は期待した。だが母は、柚葉の髪をくしゃりと一度撫でただけで、それ以上何も言わなかった。

その日のプール授業前の女子更衣室は、やたらと騒々しかった。二クラス分の女子たちが一斉に着替えているうえ、終業式を明日に控えていて、もはや皆夏休みの気分なのだろう。絵留ははしゃぐ女子たちの姿を横目で見つつ、さぼれば良かったなと後悔する。けれど夏休みを補習で潰されるのは避けたいため、ギリギリのラインで授業やテストをクリアするようにはしている。

のろのろ着替えていると、視界の端に見知った顔を見つけた。満井星良だ。隅っこで隠れてるみたいに小さくなってタオルを巻き、速やかに着替えていた。

一年A組と一年D組の合同体育なので、更衣室に星良がいるのだと気づく。声をかけてみようかなと思ったところで、隣にいた桂木に肩を叩かれた。

「ね、絵留さぁ、明日午後から茅ヶ崎行かない？」

「……明日？　終業式の後ってこと？」

「そうそう。京香の彼氏が車で迎えに来てくれるって。大学生四人とうち四人で、どう？　でね、休みの間サーフィン教えてくれるんだって。すごくない？」

「それって、夏休みの間、ずっとってことだよね……」

嬉しそうに言ってくる桂木を前に、絵留は引いていた。女子高生になって、桂木たちとつるむようになってから、その手の合コンめいた誘いは何度か受けた。背伸びしたい彼女らは、早々に彼氏を作りたくて仕方がないらしい。絵留も恋愛に興味津々ではあるが、かといってそこまで乗り気にもなれない。ファッションの一部のように『とりあえず作る』というのは嫌だった。吹奏楽部の小山田先輩との件は、それとなく彼女たちに話してある。絵留は失恋で傷心していると気遣われ、異性との付き合いには積極的に誘ってこなくなった。別にさほど傷ついたわけではないのだが、面倒だった絵留はそういうことにしておいた。

「なに？　絵留ってばまーだ吹部のイケメン先輩ひきずってんの？　もう夏だよ？　そろそろ新しい恋探そうよ」

「いやそういうわけじゃないけど……ごめん、アタシはパスかなー。三人で楽しんできてよ」

「……なんだよ、付き合い悪いなー」

桂木は顔からさっと笑みを消し、明らかに不機嫌そうに吐き捨てた。その冷たい瞳に、心臓がヒヤリとする。

「もういいよ。京香、希美（のぞみ）、いこ」

水着に着替え終わっていた桂木たちは、絵留を置いて更衣室の入口へとさっさと歩いていった。付き合いを断ったことに拗ねて、絵留の着替えを待たずにわざと置いていったのだと思う。少し前の絵留なら、焦って彼女たちを追いかけていただろう。しかし、今の絵留はそんな気分になれなかった。

帽子に髪をねじこみ、ゴーグルとタオルを持ってから、隅で背中を向けている星良のところへ歩いていく。

「よっ」

ぽんと肩に手を置くと、びくりと小柄な体が揺れた。星良が振り返ってきて、絵留を見てさらに恐怖で顔をひきつらせた。びくびくしたか弱い小動物みたいで、絵留はその可愛らしさに笑いそうになってしまう。

　更衣室内に人は減ってきていたが、どうやら星良は長い髪を水泳帽に押し込むのに苦労している様子だった。それが気になって、つい声をかけにきてしまったのだ。

「髪入れるの手伝おうか？」

「え、いや、でも……」

「いーからいーから。アタシに任せておきなって」

　体の前で小刻みに手を振る星良を無視し、絵留は星良の背後に立つ。長い髪を手に取ってブラシで梳きはじめると、星良も諦めたようだった。

「にしてもセーラってば肩ほそ……しかも美白で羨ましい。髪もサラサラだし」

「そんなこと……」

（もったいないよなー磨けばもてそうなのに）

　ガサツな絵留としては、守りたくなる星良のような女子は憧れる。ただ、彼女は大人しすぎるし、声が控えめすぎる。化粧もしていないし、地味で目立たないため、ほとんど周囲に認識されていないだろう。絵留はストレートの黒髪を、トップで器用に巻いてやった。星良が水泳帽をかぶってみると、今度は綺麗にすっぽりと入る。

「あ、すごい。簡単に入った」

「でしょ」

星良がぱっと明るい表情になったので、絵留も嬉しくなる。壁を作られているのはわかっていたが、少しだけ打ち解けられた気がした。

星良のクラスメイト二人が、「星良ちゃんいこ」と、遠慮がちに声をかけてくる。どうやら星良がクラスで行動を共にしている友達で、唐突に現れた絵留は、やはり警戒されていた。絵留は察して「じゃあね」と笑顔でその場を離れる。

今度こそ入口に向かおうとして、ハッとした。

まだ入口付近で、桂木たち三人が立っていた。彼女たちは、まるで絵留を責めるような顔つきだった。


――終業式を終えて、いよいよ夏休みの到来。

一か月以上の長い休みに学校全体が浮き足立ち、解放的な雰囲気となる。

絵留も教室の天井に向けて、大きく腕を伸ばしていた。

夏休みの予定は真っ白だった。やりたいことは特になかったが、かといって桂木たちの誘いに応じて大学生男子とサーフィン三昧の気分にはやはりなれない。

（……バイトでもしよっかなー……ほしいものも特にないんだけど）

机に頬杖をついてぼんやりしていたら、不意にぬっと影がかぶさる。仰ぎ見ると、すぐ近くに桂木たち三人が立っていた。無表情で、何を思っているのか読めない。昨日の責めるような目つきを思い出し、絵留はゾッとしてしまう。

「え、何……？　アタシに何か用事？」

「絵留さぁ……ちょっと顔かしてもらっていい？」

桂木が刺々しく言ってくる。

その一言で、絵留はすべて察してしまった。自分はやはり、彼女たちを怒らせてしまったのだ。

（まさかリンチとかじゃないよね……）

平然としている風を装い、絵留はゆっくりと席を立つ。自分がこの高校に入って築き上げてきたものはこんなにも脆いものだったのかと、虚しさに襲われる。しかし同時に、こうなることは必然な気もしていた。

音楽にも、恋愛にも、友情にも、中途半端な態度を取った自分。

いつからこうなったのだろう。どうしてこうなったのだろう。見栄っ張りで、格好つけの不要なプライドが、自分をたくさんの小さな傷から守ろうとした。

そうして逃げて逃げて、抜け道を探して、袋小路にはまってしまった。

それが望んだ道ではないことは、とっくにわかっていたことだった。

* * *

終業式の日でも、当たり前に吹奏楽部の活動はある。

部活に行く前にお昼を済ませてしまおうと、柚葉は席を立った。廊下側の窓がすべて開いていて、何気なくそちらに目を遣る。長期休暇の高揚感で、廊下を歩く生徒たちはガヤガヤと騒がしい。その中に、絵留の姿が見えた。

(あ、絵留ちゃんだ……あれ、でも)

夏休みに晴れやかな顔をしている生徒たちが過ぎゆく中、どうしたことか絵留の表情は暗い。いつも一緒にいる三人が絵留の前を歩いていた。こちらは険しい表情だった。早足で廊下を行ってしまい、すぐに柚葉の視界から全員消える。

(今のなんだろう……すごく気になる)

絵留の諦めの表情は、ずっと胸に引っかかり続けている。けれどほんの一瞬見かけただけなので、暗く見えたのは柚葉の気のせいだったのかもしれない。追いかけるべきか迷っていたところ、いつの間にか星良が柚葉の前に立っていた。

「あ、星良」

「柚葉、あのね私、今、成瀬さんたちとすれ違って……」

そういえば、星良から教室に入ってくるのは珍しい。いつもなら他のクラスに入っていくのを躊躇い、遠慮がちに出入口で柚葉が出てくるのを待っている。焦った様子の星良に、真子も歩み寄ってきた。

「どうしたの満井……?」

「あ、小鳥遊さん……えっと、成瀬さんが、その、私の気のせいかもしれないんだけど、でも……私昨日、成瀬さんがいつも一緒にいる友達三人に、睨(にら)まれてるの見ちゃって、だから、その――」

「助けに行こう」

柚葉はきっぱり宣言した。

星良の言いたいことは大体伝わった。星良は絵留が嫌な目に遭うかもしれないと心配して、柚葉を呼びにきたのだ。

真子は首を傾げているが、柚葉と星良は頷き合う。

もう迷いなく、柚葉は駆け出した。


息を切らして、学校の廊下を走った。上履きがキュッキュと音を立てる。じっとりとした暑さに、すぐに汗が噴き出してくる。

柚葉のすぐ後ろに、星良と真子もついてきていた。

「ねぇ森村、一体どういうこと？　助けるってどういう意味なの？」

状況を把握しきれていない真子が、息を切らしつつも背中に問いかけてくる。はっきりとした説明はできそうになかった。柚葉はきょろきょろと周辺に視線を巡らせ、絵留たちの姿を探す。たぶん外に出ただろうと当たりをつけ、玄関口を目指す。

下駄箱で靴に履き替え外に飛び出すと、蟬の鳴き声がひときわ大きくなった。

校舎の外には、下校中の生徒がたくさんいた。その中に絵留たちの姿は見当たらない。柚葉は一旦立ち止まって荒い息を吐き出し、汗を拭う。

「森村、ちゃんと説明して」

もう一度真子に言われて、柚葉は呼吸を整えてから口を開いた。

「……もともとさ、わたしが絵留ちゃんをくちぶえ仲間に勧誘してたじゃん。絵留ちゃんさ、嫌がってる風だったけど、満更でもなさそうだった。最近、わたしたちのところに何度もちょっかいかけに来てたくらいだし……」

「それで成瀬さんのグループの子たちが、付き合いが悪くなった成瀬さんに対して怒ってるみたいなんです。私、昨日も、さっきも目撃しちゃったから……心配で」

星良が後を継いで説明してくれた。真子はようやく納得したらしく、呆れた風に大きく息を吐いた。

「何それ。めんどくさい子たち……だからグループ行動って嫌なの」

「あ、あの、小鳥遊さん。いきなり走り出してごめんなさい。部活に行ってても大丈夫です」

「……そんなこと聞いて、放っておけるわけないでしょ」

真子が不機嫌な顔で言い放った。

「それに、口調！」

「口調……？」

「と、友達になったんだから……いい加減敬語は、やめてもいいんじゃないかって思うんだけど……！」

「あ……」

落ち着きなく眼鏡を掛けなおしている真子の頬は、赤く染まっていた。

「私だって、友達……なんだから」

「……うん」

「グループ行動は好きじゃない、けど。あなたたちと過ごすのは、嫌じゃない、から」

星良と真子のやり取りを見ていて、柚葉は口元が緩んでしまう。しかし、今はほっこりばかりもしていられないと、いま一度集中し、周辺をぐるりと見回した。すると体育館の方へ歩いていく絵留たちの姿を見つけた。

「いた！」

柚葉は叫んで走り出す。星良と真子も、慌てて後を追いかけてきた。

体育館の裏手、人目がつかないところに絵留たちは集っていた。絵留が体育館の壁に背をつけ、それを三人が囲んでいる。

「絵留ちゃんっ」

柚葉が大きな声で呼びかけると、背を向けていた三人が振り返ってくる。

大股に歩み寄っていくと、三人のうちの一人に強く肩を摑まれて止められてしまった。

「なんだよ。関係ないやつが来てんじゃねーよ」

「え、わぁっ……!?」

肩を摑むだけではなく、その女子は柚葉を突き飛ばした。柚葉は目を見開き、その場にしりもちをついてしまう。

（い……っ、たぁ……）

お尻に強い衝撃を感じ、目の前がちかちかした。

「森村！　ちょっと、あなたたちなんてこと……」

真子が感情的な声を上げた。星良も走り寄って、柚葉のそばにしゃがみこむ。

「何すんだよ！　ユズはカンケーないって言ったじゃん！」

真子よりもっと激高したのは、絵留だった。

「アタシに話があってこんなとこ連れ込んだんだろ。さっさと用件を言えよ！」

絵留と女子三人での睨み合いになってしまい、柚葉たちは蚊帳（かや）の外となる。

血の気の多そうな女子たちだし、本格的な喧嘩（けんか）になったらどうしようと、柚葉はハラハラした。そうなってしまった場合、先生を呼びに行くべきだろうか。

「……別に、ちょっと押しただけでしょ」

「何熱くなっちゃってんの。絵留らしくない」

「つまんねー奴（やつ）らに染まっちゃったんじゃないの」

三人が口々に言ってくる。

「アタシは別に、この子らと関係ない」

「じゃあなんで夏休み付き合えないなんて言うわけ？」

「この子らとつるむつもりなんじゃないの？」

「京香、絵留が海好きって聞いて、わざわざセッティングしてくれたんだよ？　絵留がいつまでも吹部とか、イケメン先輩ずるずる引きずっちゃってるから」

絵留の瞳が、揺れた。

「──引きずってて、何が悪いの」

「え？」

「……そうだよ。アタシは引きずってる！　なんでもないって冷めたフリしてたけど、ほんとは全然どうでもよくなんかなくて。吹部のことも、小山田先輩のことも、ちゃんと、ちゃんと向き合えば良かったって……！　中学のコンクールで予選落ちしてきたことも、小山田先輩に彼女がいたことも、この学校の吹部がレベル高くて自分が一番になれないことも、好きだって思ったなら、逃げないで思いっきり傷つかなきゃいけなかった。中途半端になんて、なっちゃいけなかったんだ。だからずっとずっと、目を逸らして距離を置いてきたことを、アタシは後悔してるんだよ……！」

彼女が柚葉たちの前で、見事な『スターティング・オーヴァー』のくちぶえを披露してみせた時のことを思い出す。

その後、少し気になって『スターティング・オーヴァー』の意味を調べてみた。

――再出発。――やり直し。

できることなら、やり直したい。

絵留はそう願って、歌い続けていた。

一度絵留からこぼれ落ちた本音は、止まらなくなって、ぼろぼろと溢れた。向き合う三人は、さすがに気まずそうに視線を逸らす。

「うちらさ、夏休み、一緒に遊ぼうってもう一回誘おうと思ってたんだよ。喧嘩するつもりなんかなかった」

「吹部やめたくなかったんなら、ちゃんと言ってよ。うちら絵留がやめたいと思ってたから……」

「もういいよ。行こ行こ」

チッと舌打ちや悪態をつきつつ、三人がその場から立ち去っていく。

酷いことにならずに場が収まり、柚葉はホッとした。呆然となりゆきを見守ってしまったが、ようやくスカートの砂埃を払って立ち上がる。お尻はジンジンとしていたが、大した怪我はしていない。

言葉と共に感情が昂ってしまった絵留は、何度も目元を拭っていた。それから一度深呼吸して気を取り直し、柚葉、星良、真子の方を見てくる。

「……なんかウチらのもめ事に巻き込んじゃってごめんね。つーか、アタシもリンチでもする気かもって構えてたけど、よく考えたらそんなことしないよね。あの子らが悪い子じゃないって知ってるし。じゃあアタシはこれで――」

「どこ行くの？」

柚葉がきょとんとして聞いた。

「どこって、帰ろうかなって」

「なんで？　もうあの子たちとの問題は解決したんだよね？　絵留ちゃんの気持ちきちんと伝えたからきっと理解もしてくれるし、行こうよ吹部」

柚葉がなんでもないことのように言ってみせる。絵留は赤くなった目を逸らし、拗ねた風に唇をとがらせた。

「今更戻れないし……あんたたちに、アタシの問題は関係ないっしょ」

「関係あるよ」

突き放してくる絵留に、柚葉は食い下がる。

「グループの仲が悪くなるようなことになっちゃってごめんね？　わたしが絵留ちゃんにちょっかいかけたせいだよね。それで怒らせちゃったんだね。でも絵留ちゃんがほんとは吹部に参加したいって、やめたくないってわかってた」

「……」

「わたしは絵留ちゃんを友達だと思ってるから、その気持ちを応援したい」

「ユズ……」

「それにね、くちぶえも一緒に吹きたい」

柚葉が人差し指を立てて言うと、途端に絵留が噴き出した。

「そっちの方がユズにとって重要なんじゃないの？」

「そ、そんなことないけど！　でもせっかく夏休みになったんだしさ、四人でくちぶえ動画撮ろうよ。伴奏は真子ちゃんのマリンバね。高音を拾うマイク用意して、それで超クオリティー高いくちぶえ演奏を披露しちゃお。バズること間違いなし！　超有名人！　ね、一緒にやろっ」

「え？」

これは星良の言。

「へ？」

そしてこれは真子の言だった。

絵留が今度こそ肩を揺らして笑った。

「ほんと、ユズって……面白いやつ」

「夏休みは吹部もめっちゃ頑張るし、くちぶえ動画も作成する。ねっ、面白そうでしょ？　絵留ちゃん一緒にやろやろっ」

「ああもうほんとしつこい。わかった、吹部も、くちぶえも、やればいいんでしょ」

「うんっ」

――吹部も、くちぶえも。

柚葉の中でその二つは揺らぎ始めていたため、胸にほんの小さな痛みが生じた。けれど、どちらもやりたいと思ったのだから、全力でぶつかっていくしかない。目を逸らすのも、選ぶのも、逃げるのも、嫌だった。

「何度だって、やり直せばいいんだから」

笑顔で手を差し出すと、絵留はその手を取ってくれた。

立ち止まらず前に進み続けるのだと、柚葉は決めた。

第四章
スタンド・バイ・ミー

♪♪♪♪

夏休みに入って、満井星良はめまぐるしい日々を過ごしていた。

吹奏楽部は文化系でありながら、体育会系の部活であると耳にしたことはある。中学生の頃は手芸部所属で、週に二度ほどのんびり活動していた。厳しい部活未経験の星良にとっては、相当厳しい夏になるだろうと、覚悟はしていたつもりだった。その星良の想像を遥かに超えて、ハードな毎日が続いた。

入部してから知ったことだが、吹奏楽部のコンクールにはいくつもの段階がある。七月の終わりに近隣の高校を集めた地区大会が行われ、課題曲、自由曲の二曲を規定の時間内に演奏する。評価は金、銀、銅の三種類のみ。そこで金賞を取った上位三校が推薦校として選ばれ、八月の県大会で演奏する。そこでも同様に選出が行われ、九月に支部大会、十月に全国大会へと駒を進めることになる。全国大会までの道のりは険しく遠い。

志戸学園は部員数が多く、レギュラーになれない部員たちも多くいる。星良も柚葉も、真子も絵留も舞台には立てない補欠だった。演奏に参加できないどころか、控室や舞台袖にすら行けない。それでも会場に足を運び、差し入れをしたり、楽器搬入を手伝ったり、他校の演奏を聞いて勉強したりして、コンクールの張りつめた空気を身近に感じた。

それなりに強豪と知られる志戸学園は、今年も無事に県大会で金賞を取り、支部大会へ選出された。星良は吹部員たちのたゆまぬ努力を知っている。結果発表を聞いて、自分たちの学校の合奏に誇りを持ち、柚葉たちと飛び上がって喜んでしまった。

吹部員たちの夏は終わらない。

支部大会に進むことになったので、三年生の引退は先延ばしとなった。とはいえ受験や就職活動を控えている三年生たちの活動は、コンクールのみにしぼられ、イベントやコンサート出演のための新編成オーディションは、例年通り八月最終日に行われる予定である。

夏の間、星良たちの演奏する機会が、まったくないわけではなかった。星良、柚葉、絵留、真子も、野球部の地方予選応援の合奏には参加した。

テレビの中継で見て、志戸学園の『音』に混ざりたいと思った星良にとっては、念願の舞台だった。

しかし、実際に参加する立場になって、理想と現実のギャップをまざまざと見せつけられることとなった。真夏の日差しはギラギラと容赦なく照りつけ、楽器の熱をぐんぐん上げる。肩は重く、ピッチはずれていき、意識は揺らぎ、どうにかトロンボーンのベルを下げないように掲げ持つ。灼熱(しゃくねつ)の炎天下、必死になって譜面をめくり、野外に散らばる音をまとめるだけで一苦労だ。自分がうまく音を出せているのか、ハーモニーに混じれているかすら怪しくなる。熱中症になって脱水症状を起こさないように、水分補給に気をつけつつ、とにかく応援の気持ちだけは伝えたいと、ひたすらに祈りを込めて息を吹き出し続けた。

吹奏楽部が応援に行ったのは県大会の準決勝からだったが、今年の志戸学園野球部はあえなくそこで敗退してしまい、吹奏楽部の応援もその一度きりで終わりとなってしまった。

マウンドに崩れ落ちて泣いている野球部員たちを見て、星良まで涙が滲(にじ)んでしまった。支えられなかった、応援が足りなかったと、吹奏楽部員の多くが泣いていた。

試合が終わって、野球部員たちがスタンドに向けて整列し、頭を下げる。彼らの夏は終わってしまった。誰もが勝ち進めるわけではないことはわかっている。本気で部活を続けていれば、辛（つら）いことだってたくさんある。

野球部は負けてしまった。自分が音を出せていたかよくわからない。それでも、星良は合奏に参加できたことで胸がいっぱいになっていた。

吹奏楽部に入って良かったと、心から思えた。

「あづいよぉ……」

夏休みも後半に突入した、空き教室での個人練習時間。首に巻いたタオルで汗を拭きながら、ごく当たり前のことを口にしたのは柚葉だ。

「ね、星良。ちょっと休憩しない？　ほら風が呼んでる。くちぶえは何故、遠くまで聞こえるのって」

「……もう。ついさっき休憩したばっかりだよ」

柚葉が全開にした窓枠に腕をかけ、顔を出してくちぶえを吹き出す。星良も諦めてトロンボーンを床におろした。

お盆が過ぎても暑さは緩むことがなく、冷房のない室内にいると、蒸し焼きにされている気になってくる。長時間集中するのは難しい。凍らせたペットボトルを頬に当ててると、ひんやり気持ち良かった。一口、二口ごくりと喉を鳴らす。溶けきっていない氷がからりと音を立てた。

柚葉が振り返ってくる。

「だって星良、最近また気合入りすぎちゃってるし。あんまりやりこみすぎると倒れちゃうよ」

「……前とは少し、違うから」

以前は焦ってがむしゃらになっていたが、今は真剣に吹奏楽に向き合えている。夏休みに入ってから参加するようになった絵留はフルートパートで木管の子たちと、打楽器パートの真子は音楽室にいる。

真子も絵留もうまくやっているかと言えば、そうでもないというのが現実だ。打楽器パートの仲間と一度関係性を悪くしてしまった真子も、長い間部活に顔を出さなかった絵留も、部員たちから距離を置かれがちで、部内ではやはり少し浮いてしまっている。星良もいまだ臆病なのは変わらず、どうしても声が小さくなってしまい、ほかの部員たちとはまともに話せない。小さなストレスは、そうやって日々積み重なっている。それでも頑張ろうと決めた以上、逃げずに立ち向かうしかなかった。

「うん、それはわかるんだけどね。でも、絵留ちゃんも、真子ちゃんも、星良も、どっかしんどそうではある。まぁずっと忙しいしね……四人で動画作成も結局できてないし」

「うん……」

夏休み突入のタイミングで、せっかくくちぶえで仲間になったのだから、四人でくちぶえ演奏して動画投稿をしようと、柚葉は提案してきた。そこまで乗り気だったわけではないが、息抜きがてらくちぶえで何かするのは楽しそうだと思った。けれど、吹奏楽部の活動に圧迫され、ただでさえ馴染めていない星良、真子、絵留は、部活での立ち位置を守ることで精いっぱいになってしまっている。それぞれパートも違うし、住む場所もバラバラだ。四人で集まるということはほぼ出来ていなかった。

　このまま夏休みは終わってしまうのかもしれない。そう思い始めていたところだ。

「それでね、実は真子ちゃんに相談してみたんだよね。ほら、前に言ってたじゃん。別荘持ってるって話」

「あ、うん。言ってたね……世界が違うなぁ」

「借りるのオッケーだって。だからさ、今度の休みに四人で行こうよ。二泊三日でさ」

「え、ほんとに？」

「ほんとほんと。そこが最後のチャンスだし。その時にくちぶえ動画作ろうって言ったらさ、真子ちゃんがそのための準備も進めておいてくれるって。絵留ちゃんもね、くちぶえ用の譜面用意してくれるって」

「いつの間に……」

　星良は啞然（あぜん）としてしまった。自分が知らないところで、三人はくちぶえ動画の準備を少しずつ進めていたらしい。真子も絵留も、てっきり星良同様、吹奏楽部のみに日々追われているものと思っていた。

　だが、すぐに鼓動がそわそわと躍りだす。夏の間ずっとストイックに楽器練習と向き合っていた分、四人での宿泊旅行と聞いて嬉しくないわけがない。狭くなっていた視野が、ぱっとひろがっていく。

「どうする星良？　行けそう？」

「行く」

即答してしまった。

「やったね」

柚葉が笑顔でガッツポーズを作る。

「でもさすがに楽器は持っていこうね。オーディション前日ではあるし」

星良が言うと、柚葉もしっかり頷いた。

頭の中で素早くスケジュール帳を開いた。夏休み最終日のオーディション前に、三日間の休みがある。自宅でオーディションの追い込み練習をしようと思っていたが、三日間の予定をすぐに書き換える。

「あ、でも」

「ん？」

「動画投稿かぁ……それって大丈夫なのかな」

「大丈夫って？」

「私、あんまりそういうの見ないんだけど、ほら、顔出しとかするんだよね？　学校で問題になっちゃうんじゃないかって……」

「ああ、顔はうまい具合に映らないようにするから大丈夫だよ。そのカメラ技術は身に着けた。実はわたし、既に個人的に何回かくちぶえ演奏投稿してるんだよね」

「えっ、そうなの？」

柚葉がさらりと言ってのけたことに、星良は驚きで目を見開いてしまった。柚葉がそんなことをしていたなんて、まったく知らなかった。

「大して再生回数伸びないいし、世界中の人たちが次々投稿してるんだから、わたしの投稿なんてすぐに埋もれちゃうんだ。顔も出してないし、特定なんてされないよ」

「そういうもの、なんだね……」

お気楽すぎる柚葉の言葉にほんの少し不安はよぎったが、決して校則が厳しい学校ではないし、ＳＮＳでの動画投稿は特に禁止されていない。多くの生徒たちが様々なプラットフォームで配信したり、短い動画をカジュアルに投稿しているのは最近よく聞く話だ。柚葉がくちぶえ演奏を投稿したところで問題視はされないだろうと、無理やり自分を納得させる。

「あ、志岐乃先生」

柚葉が出入口に視線を向けたので、星良も振り返る。

「練習してるところごめんなさい。ちょっといいですか？」

志岐乃先生が教室の中に入ってきた。

「志岐乃先生。おつかれさまですっ」

星良は立ち上がり、かしこまって一礼する。優しい先生とはいえ吹奏楽部副顧問。挨拶はきちんとしないといけないと日々先輩に教え込まれている。柚葉もならって「おつかれさまですっ」と、勢いよく頭をさげている。

「さっき、トランペットの音が窓から聞こえてきたから伝えておこうと思って。森村さんの音、とっても良くなってます」

「本当ですかっ？」

「ええ。オーディション、問題なくいけそうですね。森村さんの音は華やかで目立つから、今後はソロも任されるかもしれないです。満井さんも、心配しなくてもその調子で仕上げていけば大丈夫。もっと自信を持って音を前に」

「は、はいっ」

そこまで言って、志岐乃先生はいたずらっぽく目を細める。

「ついでに。くちぶえの音も聞こえてきたんです」

「あ……へへへ」

柚葉は気まずそうにぺろりと舌を出し、後頭部に手をあてた。そういえば、先ほど休憩だと言って、柚葉は窓から顔を出して、思い切り吹いていた。志岐乃先生だけではなく、校舎中に多くの吹奏楽部員が散らばっている以上、柚葉や星良のくちぶえは、多くの生徒が耳にしているのだろう。その事実に行き当たった途端、恥ずかしさで頬に熱が集まってしまう。

「本当に楽しそうで、こっちまで笑顔になれます。あなたたちは素敵な音を見つけたんですね」

「――はいっ」

星良と柚葉は、声をそろえて頷いていた。

……そして。

夏休みが終わるまで、あと四日。星良にとって待ちに待ったその日。

ようやくしっかりとした休みにありつけた星良、柚葉、絵留、真子の四人は、江の島へと来ていた。湘南海岸に浮かぶ陸繋ぎの小島で、古くからの神奈川の有名観光スポットだ。

星良たちにとって近場とはいえ、案外来る機会は少なかった。湘南モノレールでも行けるが、せっかくの旅行気分を味わうため、鎌倉駅で待ち合わせてみんなで江ノ電に乗った。ゆっくりと電車に揺られていくうち、ぱっと視界が開けて車窓からきらきら光る海岸線が見えた。四人は歓声を上げた。

真子からの指示で、江の島に行く前に、別荘のある由比ヶ浜駅で一度降りた。すると駅のホームに小鳥遊家の使用人が待ち構えていて、四人の宿泊用リュック、楽器ケースを預かってくれた。使用人の存在に啞然とさせられたが、楽器ケースが重たい星良にとってありがたかった。

無事に江ノ島駅につき、電車を降りて、長い弁天橋を歩いて渡っていく。真っ青な空が高く広く、トンビが飛びまわっているのが見える。潮の香りに満ちて、穏やかな波の音が耳に心地よい。

真子の家の所有している別荘が由比ガ浜ビーチに面していると聞いて、それならばついでに江の島観光をしようという話になったのだ。くちぶえ動画を撮るという目的はあるとはいえ、せっかくの夏休みなので、ここぞとばかりに全力で遊びまわるつもりだった。水着もしっかり持参してきている。

江の島につくと、商店の建ち並ぶ通りは坂道になっており、多くの観光客で賑(にぎ)わっていた。

「星良〜こっち見て〜」

「え？」

ここに来たら食べ歩きは定番で、多くの観光客が名物の店に行列を作っている。星良も早速いそいそと行列に並び、しらすコロッケを購入した。ほくほくの揚げたてコロッケにかぶりついた瞬間、柚葉が星良に向けてスマホを構えていることに気づく。

「はい、そこでくちぶえ吹こっか」

「食べながら吹けないよ……てゆうか、撮らないで……」

　星良は柚葉のスマホから逃げ惑う。

　四人で待ち合わせてここに至るまで、柚葉はことあるごとにスマホを構えている。虎視眈々と、動画にする素材を撮りためている。くちぶえ動画制作の裏側、みたいなものもやりたいらしい。いつそんな暇があったのかと星良は呆れるが、パワフルでエネルギッシュな柚葉は、最近は動画編集の技術まで身に着けはじめている。

「まったく、落ち着いて食べられないの？　お行儀が悪い」

　星良と柚葉で追いかけっこをしていたら、楚々とたこせんべいをかじっていた真子に注意されてしまった。

　私服の真子は、ひとりだけ避暑地のお嬢様のような恰好をしている。レースをあしらったワンピースに、つばの広い帽子。制服姿しか見たことはなかったのだが、イメージ通りの姿で待ち合わせ場所に現れた時は少し笑ってしまった。

「それにしても、人が多くてうんざり」

「めっちゃ楽しそうに食べ歩きしてるように見えるけど」

　抹茶アイス最中を食べている絵留が、真子に声をかける。絵留はキャップに短パン、派手な色目のフリルキャミと、こちらもイメージ通り露出多めの私服だった。ちなみに星良と柚葉は、カジュアルな私服だ。星良は三つ編み、柚葉はポニーテールに結んでいる。

星良はまったく友達がいないわけではないが、柚葉以外の友達と休みの日に集まって遊んだ経験はあまりない。普段制服で顔を合わせている子たちと私服で集まるだけでも、特別な感覚だった。四人で待ち合わせてから、常に口元がむずむずと緩んでしまっている。

友達四人で泊まりに行きたいと親に持ちかけた時は反対されるかと少々不安になったが、近所に住む柚葉のことは両親もよく知っている。夏の間ずっと吹奏楽部に縛られていたことは両親も心配しており、柚葉ちゃんが一緒なら問題ない、たまには思い切り遊んでおいでとお小遣いを持たせ、快く送り出してくれた。

「た、楽しそうなんかじゃないけど？　こんな近場、珍しくもない……あっお団子美味しそう……」

「まずはそのたこせんべいさっさと食べちゃいなよ。リスみたいにガジガジしてないでさ。アタシが手伝ってあげようか？」

「そうやって人のものを奪う気……!?」

「いいじゃんいいじゃん。一口ちょーだい」

「このたこせんべいは誰にも渡さないっ」

言い合いしている真子と絵留の姿すら、星良は微笑(ほほえ)ましく見守ってしまう。

「けちー。でもマコっちって意外に大食いだよね」

「仕方ないでしょっ、こんな、美味しそうなものばっかりなんだから」

「もっと豪快に食べなって。ほら見てみ?」

絵留は、がぶりとアイス最中を一口で口の中へ押し込む。

「んーうまー」

「絵留ちゃんそれ撮れ高いいねっ、それでくちぶえ吹ける?」

口の中をアイス最中でいっぱいにして頰を膨らませている絵留は、目を白黒させて首を横に振る。くちぶえが吹けるわけがない。

まったく柚葉には困ったものだと思いつつ、今度は絵留を追いかけまわしはじめたのでくすくす笑ってしまう。真子も肩をすくめつつ、なんだかんだ和やかな表情だ。

四人は弁財天仲見世通りで江の島グルメを堪能してから、江島神社参拝という、定番の観光コースをまわる予定だった。というか、江の島にはほぼその一本道しかないため、大勢の観光客に混ざってひたすら坂道をのぼっていくしかない。

一行は大きな鳥居をくぐって、江島神社に入った。広大な神社にはご利益のある神様がたくさんいるので、一体どこを参拝するのかとここでも言い合いになる。女子力を上げたい絵留に、心願成就がいいと突っぱねる真子。わーわー言い合う二人。この二人はタイプが違いすぎるために何かと小競り合いのケンカになる。おろおろする星良に、江島神社といえば弁財天！　音楽の神様！　と柚葉が言って、鶴の一声で音楽の神様を参拝した。

それからひたすら階段をのぼっていき、展望台を目指した。青空には雲ひとつなく、夏の日光は強く眩しい。吹奏楽部で体力を培っている四人だが、額から止まることなく汗が噴き出し、さすがに息切れしてくる。

「ねえ見て星良、いい景色だよ」

あまりのしんどさにうつむきがちになっていたのだが、柚葉に声をかけられて、星良は顔を上げた。途中の高台から、海が一望できた。四人は柵に並んで、しばらく景観を堪能する。

星良は自然に唇を丸め、息を太く長く吹きだしていた。

星良が吹き始めると、合わせて柚葉も吹く。

絵留も続いて、真子は嫌がりつつも混ざってくる。

『かえるのうた』の輪唱は、四人でやるのが決まり事のようになっている。

少し前までは、会話を交わしたこともない関係だった。くちぶえが、四人を繋いでくれた。

高い場所で吹くくちぶえは爽快で、世界の果てまで届いていく気がした。


夕暮れ時には江の島観光を終え、江ノ電で由比ヶ浜駅まで戻り、真子の案内で宿泊予定の別荘に移動した。

真子に聞いていた通り、別荘は由比ガ浜ビーチのすぐ近くだった。小ぢんまりとしてはいたが、四人で貸し切りの一軒家だ。ここで二泊三日を過ごすこととなる。

緑に囲まれたお洒落(しゃれ)な外観に、柚葉はまたもテンションを上げて撮影している。

真子が両親から預かってきた鍵で、別荘のドアを開く。

普段はゲストハウスとして使用したり、真子の両親のどちらかが作業のためにこもったりすることもあるらしく、必要なものはひととおり揃って、管理はしっかり行き届いていた。先ほど使用人に預けた荷物がひとところにまとめられていたので、掃除もしてくれたのだろう。

「二階が寝室。全員同じ部屋だけど、ベッドは四つあるから。とりあえず荷物を置きにいきましょう」

真子に従って、星良、柚葉、絵留は寝室に荷物を置きに行く。

外観も素敵だったが、内装もおしゃれで星良は胸をときめかせる。こんなところに泊まっていいのかなと、高級そうなインテリアを眺めては、ほぅと何度も感嘆の息を漏らしてしまう。

「アタシ、はしっこもらいー」

寝室には真子の言ったとおりベッドが四つ並んでいた。絵留がいちはやく自分のリュックを窓際のベッドに置いている。そこに大股で近づいていったのは真子だ。

「ちょっと、勝手に決めないでくれる？　私も端じゃないと眠れない」

「早いもの勝ちだもーん」

絵留がベッドにごろんと横たわり、わざとらしく頭の後ろで両手を組んだ。

カッとなった真子が、勢いよくシーツを引っ張ったので、「ひゃわっ」と声をあげ、絵留が床に転げ落ちてしまった。

「何すんのっ」

「先に勝手なことしたのそっちでしょ」

（……ああもう、この二人は……）

「こらー！　喧嘩しないの！」

柚葉が腰に両手をあて、大きな声を出した。

喧嘩をはじめた二人も、さすがにピタリと動きを止める。柚葉は普段、小学生の弟妹のお世話をしているため、こういう場面でしっかり牽制することができる。

「ベッドの場所決めで揉めるんなら、じゃんけんとか公正なルールの元で決めよう？　ねっ？」

お姉さんらしく、険しい表情をすぐに柔らかな笑顔に変えた。

これで喧嘩は収まるかと思った、が。

絵留が柚葉の提案を受け、ニヤリと口の端を上げた。その笑い方に、星良は嫌な予感を覚える。

「じゃあさ、くちぶえ対決とかする？」

「……くちぶえ対決って何？」

真子が眉をひそめて問いかける。

「ラップバトルみたいに、くちぶえ吹きあって対決〜みたいな。お互い吹きあって、聞かせた方が勝ちね。ほらぁ、うちらくちぶえで集ってる仲間なわけだしぃ？　やっぱこういう時もくちぶえで決めなきゃってぇ」

絵留はわざとらしく声を間延びさせて、明らかに真子を挑発していた。

「ふん、それって私がくちぶえ下手くそだからわざと言ってるんでしょ」

「いや別にぃ？　マコっちだってくちぶえ仲間の一員だしね？　それくらいできるって信じてるからぁ」

「わかった。やる」

「ちょ、ちょっと真子ちゃん。いちいち真に受けないでいいから……」

困り顔で柚葉が止めるが、鼻息を荒くしている真子にはどうやら聞こえていない。

（くちぶえ対決って何……？　そんなの聞いたことないよ）

星良はため息をつくしかない。

絵留はふざけて言ったのかと思ったのだが、本当にくちぶえを吹き始めた。軽快なアップテンポが楽しげな曲だ。メロディーに合わせて踊るように体を揺らす。相変わらず音は滑らかに通って、癒しと安らぎの波形を生み出す。聞いているだけで耳が心地よい。

どこかで聞いたことがあるような気がしたが、星良には曲名が出てこない。隣に立っていた柚葉にそっと耳打ちしてみる。

「この曲なんだろう……？」

「えっと、確かブルーハーツとか……そういう感じのバンドの、んん……」

柚葉も咄嗟（とっさ）に曲名が出てこず、苦笑を浮かべていた。

「絵留ちゃんって、顔に似合わずチョイスが古いんだよね」

（確かに……懐メロ大好きなんだろうな）

ノリノリでくちぶえを吹く絵留の顔は、勝ち誇っていた。くちぶえで自分の右に出るものはいない。そんな表情だ。

それを受けて真子は眼鏡をかけなおし居住まいを正す。それからこほんと咳払いをした。

（あれ……？）

てっきり悔しそうに地団駄を踏むだろうと思っていたのだが、真子の表情はまったく負けていない。

そして——すぅっと息を吸い込み、くちぶえを吹き始めた。

「～～♪　～～♪」

星良も柚葉もぽかんとしてしまった。絵留もすぐに自身の演奏を止め、ぽかんと口が開いてしまっている。

真子が吹いてみせたのは、吹奏楽の定番、『情熱大陸』だった。普段から吹部で練習している曲目とはいえ、真子のくちぶえは見事だった。音にかすれもなく、ピンと通るようになっている。何より、リズム感が抜群に良い。情熱大陸の独特の跳ねるようなリズム感、血沸き肉躍る感覚を、完璧に表現してみせている。

真子が吹き終えて、息を吐き出す。

「私の勝ち」

眼鏡を光らせ、胸を張って宣言する。唖然とする星良たちに構わず、自分の荷物を窓際のベッドに置いた。

「ちょ、ちょっとぉ、何それっ、マコっちってば絶対隠れて練習してたでしょっ？」

「真子ちゃんすごすぎるっ、さすが努力の人！」

柚葉の拍手につられ、星良も感心しきって拍手していた。

真子は星良たちと一緒に行動しながら、これまでくちぶえを吹くことには積極的に参加してこなかった。入ってくれたのは、『かえるのうた』の輪唱くらいだ。先ほどの江の島でも一緒に吹いていた。

「……もしかして、さっきの『かえるのうた』は、わざとヘタクソに吹いていた……？」

星良がおずおず聞くと、真子はぷいっと照れくさそうに視線を逸らす。

「もう少し上達するまで、隠しておくつもりだった。まだ全然、追いつけてないから」

どうやら、長年吹いてきた星良や絵留、のめりこんでめきめき上達している柚葉に比べ、自分のレベルが低いことを相当気にしていたらしい。

(それでみんながくちぶえ吹いてても、入ってこなかったんだ。嫌がってたんじゃなくて、ちゃんと合奏するためにコツコツ努力してたんだろうな……小鳥遊さんらしい)

「私たちで、ハーモニーを作るんでしょう? それなら、私は妥協せず、みんなで綺麗(きれい)な音を作りあげていきたい」

「……うん、そうだね」

吹奏楽部に入部したのも、合奏を夢見てのことだと、真子から聞いた。真子のためにも、くちぶえで綺麗なハーモニーを作りたいなと星良は思った。

夕食をどうしようかという話になり、キッチンに行ってみると、冷蔵庫や収納棚に食材は豊富に揃っていた。柚葉は腕まくりをしてみせる。

「夕食はわたしに任せてっ、みんなのために美味しいもの作るよー」

「ああ、じゃあさ、当番制にしよっか。アタシ手伝うから。洗い物はセーラとマコっち担当ってことでどう？」

絵留がテキパキと割り振りを決め、星良と真子も文句はなかった。すぐに柚葉と絵留がキッチンを動き回りはじめたので、星良たちは手持無沙汰になる。

「私たちは少し休む？　疲れてなければ先に案内したい場所もあるんだけど」

真子に声をかけられ、星良は首を傾げた。

「まだ大丈夫だけど……案内したいところってどこ？」

「楽器を持ってついてきて」

素っ気なく言って、真子が歩き出す。星良はとりあえず自分の楽器ケースを持ち、その後についていくことにした。玄関ポーチに出てすぐのところに、地下へと続く階段があった。

「えっ、地下室まであるの……？　すごい」

「完全防音の収録ブース。うちの親、二人とも音楽家だから。そういう設備だけは無駄に凝ってるの」

「小鳥遊さんのおうちって、ほんとゴージャスだね……どんな家族で、どんな生活なのか想像つかないや」

階段を下りていきながら星良が感想を呟くと、先を行く真子が振り返らずにぽつりと吐き出した。

「……そんなにいいものじゃない。好き勝手に生きてて、家族みんなでほとんどそろわないから」

(小鳥遊さん、あんまり自分のおうち好きじゃないのかな……)

吐き捨てるような言葉は気にはなったが、簡単に踏み込める領域でもない。どう声をかけたものか迷っている間に、地下室についてしまった。

防音部屋の扉を開けると、各種楽器がたくさん置いてあった。

バイオリン、ピアノ、ドラム、ギター、サックス、マリンバ。スピーカーやマイク、譜面台や各種オーディオ、よくわからない専門的な機材もいくつか置いてある。真子の言葉通り、音楽の収録にはうってつけの豪華な設備だった。

「楽器の練習、ここで好きにしていいから」

「すごいね……ありがとう小鳥遊さん」

ここなら深夜でも、気にせず楽器の練習ができそうだ。トロンボーンのケースを室内の片隅に置かせてもらう。

真子は、マリンバの前に立っていた。

「ここに遊びに来ると、私、地下にこもっていつもマリンバを叩いてたの」

「そうなんだ。でも、なんでマリンバなの……？」

父親は作曲家、母親はバイオリニスト、姉はピアニスト。真子の家族の話はそれとなく聞いている。置いてあるたくさんの楽器の中から、何故真子がマリンバを選んだのか、ふと疑問に思った。

マリンバは吹奏楽でもライバルが多い人気楽器だ。星良も演奏を見ていると、一気に四つのマレットを持って素早く打鍵するパフォーマンス、ソロでいくつもの音を一気に操る様は見ているだけでカッコいいなぁと憧れる。

「なんでかな……はじめは、家族や親類がやっていない楽器をわざと選んだのかもしれない。同じ楽器で比べられるのが嫌で」

「ああ……」

周囲が皆プロフェッショナルであるというのは、相当なプレッシャーがあるのかもしれない。平凡な家庭に育ってきた星良にはやはり想像がつきにくい世界ではあったが、なんとなく真子の気持ちはわかる気もした。

「でも、気づいたらマリンバの音に夢中になってたの。そこにはもう余計な思考はなくて、これは私の『音』だって、そう思えるようになった」

（それも、すごくわかる）

星良もつい最近、自分の『音』を見つけたところだ。

「……あの、小鳥遊さん、無理はしていない？」

「無理って？」

「小鳥遊さんにとってマリンバが自分の『音』なら、くちぶえは無理やり付き合わせてるんじゃないかなって……」

星良がおそるおそる問いかけると、真子がマレットを手に持ち、いくつかぽん、ぽーんと音を出してみせた。木琴の素朴で優しく、どこか可愛らしい音が室内に響く。

それから、星良の方を見て、眼鏡の奥の瞳を細めて微笑んだ。真子の穏やかな表情を見るのは珍しく、星良はドキリとする。

「嫌なら、ここに連れてきたりしない。森村に相談されて、くちぶえ動画を撮りたいって話聞いて、私、自分から親に相談までしたんだから。高音を拾う高性能のスタンドマイクも、録音用のパソコンも、準備してもらっちゃった。あんまりわがまま言ったことなかったから、うちの親はりきっちゃって。ほら、すごい準備されてるでしょう？」

「う、うん。確かに……」

改めて周囲を見回して、設備に感心してしまうばかりだ。しかし真子に自慢している気配はない。

「それにマリンバ伴奏やるつもりだから、私のメインはあくまでマリンバ。くちぶえは簡単なハモリを入れるくらい。マリンバと、少しだけくちぶえ。それを私の新しい『音』にしたいって思ってる……もちろん、四人で」

「そっかぁ……あれ、でも伴奏って、そういえば動画の曲って、何やるつもりなんだろう」

星良の言葉に、真子が不思議そうに首を傾げてきた。

「……満井、聞いてないの？」

「――え？」

夕食ができたと柚葉たちが呼びにきて、四人は仲良く食卓を囲んだ。料理が得意な柚葉作のエビやあさりを使った海鮮パスタは、オリーブオイルとトマトソースも程よくきいていて、とても美味しかった。しかし、フォークでパスタを口に運ぶ星良の頬は、むっと膨らんでいる。

「もー星良その顔～……機嫌直してってば。ほんとごめんって」

ダイニングの正面に座る柚葉が両手を合わせているが、星良は目を合わさない。

星良が拗ねているのは、ちゃんとした理由があるのだ。夏休みの間、少しずつ動画作成の準備を進めているという話は星良も聞いていた。なんの曲をやるのかというところも、柚葉、真子、絵留の間できっちり決めていたらしい。絵留がくちぶえ用の楽譜と、マリンバ伴奏用の譜面を作成までしてして。柚葉はそのことを星良にだけ共有し忘れて、今日ここまで来てしまっていた、という経緯だ。

「いやそれは、ユズが悪いと思うよ。だってアタシ、セーラにも楽譜渡しておいてって頼んだもん」

　絵留がトマトソースで口元を真っ赤にしながら言ってくる。

「うぅ……だってさ、星良トロンボーンの練習に集中してて、なかなかくちぶえの話させてくれなかったから……でも、共有し忘れたのは本当にごめんっ」

　泣きそうになっている柚葉が視界の端に見えて、星良は大きく息を吐いた。

「本当にもう……私だけ全然練習しないまま来ちゃったから、できなかったらやらないからね」

「それはもちろんっ」

　柚葉の泣き声に、星良はとても弱い。夏休みの吹部練習だけで必死になっていた星良を柚葉が気遣ってくれていたのは知っていたし、結局許してしまうのだ。それに、柚葉に対して怒っているというよりも、どこにいてもついていけていない自分を思い知って腹が立っていた。吹奏楽部のハードな活動の傍らでも動画編集の勉強をしていた柚葉、マリンバの伴奏の練習やくちぶえの訓練をしてきた真子、くちぶえ用の譜面まで作ってくれた絵留。……自分だけが、何一つできていない。

（私もみんなの為に何かしたいのに、助けられたり、守られたりする側ばっかり……）

いち早く食べ終えた真子が食器を洗い場に下げ、それから星良のところに歩み寄ってきた。

「くちぶえ用の譜面と、これが原曲」

五線譜を数枚渡してくれて、スマホで原曲の音源を再生してくれる。

動画作成用に柚葉たちが選んだ曲は、『スタンド・バイ・ミー』だった。懐メロ大好きな絵留のごり押しの結果だったらしい。五線譜には絵留によって手書きの音符が書き込まれている。

『スタンド・バイ・ミー』は、一九六〇年代にアメリカで発表されて大ヒットした曲だが、その後同名の映画の主題歌としてリバイバルヒットし、現在に至るまで親しまれている。どちらかというと映画のイメージが強く、絵留がごり押ししたのも爽やかな青春をこの曲から強く感じたからとのことだった。星良はなんとなくしか知らないが、映画は少年四人のひと夏の冒険を描いた作品で、確かにこの曲を聞くと青春っぽさを感じる。

無言で曲を聞いていると、柚葉が恐る恐る顔をのぞきこんできた。

「この曲で、どうかな……？」

「すごく、良いと思う」

悔しいけれど、正直な気持ちだった。

四人でこの曲を吹けたら、きっと最高の夏の体験になる。絶対にやりたいと思った。くちぶえだけには自信がある。絶対にものにしてみせると、星良は静かに闘志を燃やし、もう一度五線譜へと目を落とした。

全員が食事を終えたので、真子と共に洗い場に立つ。二人で洗い物をしている間、星良は耳にイヤホンを差し、ひたすらに原曲を聞いた。

「満井、すごい集中してる……」

「今の私、本気だから」

その後、順番にお風呂に入ることになり、じゃんけんで一番乗りになった星良はシャワーで今日一日の汗を洗い流す。

お湯に浸かった星良は『スタンド・バイ・ミー』を吹いてみた。風呂場でくちぶえを吹くと、音が大きく反響するので気分が良い。

と、唐突に風呂のドアが開いた。

「お背中流しましょうか」

「え、えっ？　成瀬さんっ？」

体にタオルを巻いた絵留が現れ、有無を言わさず中に入ってくる。浴室内は湯気に満ちてぼんやりとしていたが、星良はびっくりして、顔半分をお湯に沈めた。

「ちょっと一緒に入ろうかなって」

「……は、恥ずかしいよ」

「まあまあ」

バスタブは広く、背中を向けた星良に絵留が背中合わせで入ってきた。

一体どういうつもりなのかと星良の鼓動は速まっていたが、直後に絵留の意図は判明した。『スタンド・バイ・ミー』を吹き出したのだ。

（成瀬さん、私に聞かせてくれてるんだ）

くちぶえで吹いてくれると、よりイメージが摑（つか）みやすくなる。星良は絵留の一音一音を確かめていき、短く息を吹き出す。

幼少の頃に戻った気分になった。小さい頃から、星良はお風呂で毎日くちぶえを吹いていた。

ひととおり吹き終えて、絵留が深く息を吐き出す。

それからぽつりぽつりと語りだした。

「……ねえセーラ。アタシさ、けっこうしんどくて」

「吹奏楽の話……？」

「そ。やっぱ一回行かなくなったとこで堂々とはしてらんないよね。この見た目だしさ。かっこつけて平気なフリしてるだけ」

「うん……」

「それでもやり直したいって思ったから、もう逃げたくないんだ。アンタたちがいるから、くちぶえがあるから、アタシはなんとかやれてる。居場所作ってくれた、ユズとセーラ、マコっちに、感謝してるんだよ」

言い終えると、絵留は浴室からさっさと出ていった。身動きが取れなくなっている星良に配慮してくれたのだろう。

（私も、おんなじだよ。柚葉、小鳥遊さん、成瀬さんがいてくれて、一緒にくちぶえを吹いてくれて、本当に救われてる）

なかなか言葉にできない星良は、心内でそっと呟いた。

しばらく個人個人で、くちぶえの練習が続いた。散らばって個人で音を出していると、吹部の活動みたいだなと星良は思う。嫌な感じはまったくしない。むしろ楽しかった。

全員の入浴が済む頃に――自然と全員がリビングに集っていた。短時間だったとはいえ、星良もきっちり吹けるように仕上げることができた。

柚葉が中心に立った。

「さ、じゃあ合わせてみよっか」

――いよいよ、四人の動画作りがはじまる。

♪

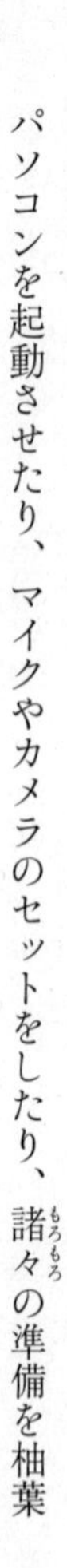

パソコンを起動させたり、マイクやカメラのセットをしたり、諸々の準備を柚葉

が進めていた。真子もマリンバにスタンドマイクを一本向けて何度か音出しして角度を確かめる。マレットを四本持ち、手首を柔らかく何度も振り下ろす。激しくなりすぎないように、木鍵のトレモロを響かせる。グリップを確かめる。

ひとしきりの準備を終え、オッケーを出した。

真子の伴奏からスタートするため、絵留、柚葉、星良はスタンドマイクの前に立って、真子の音を待った。

地下のスタジオ内が、水を打ったかのような静寂に包まれる。

（この緊張感が好き）

真子の心は震えた。自分だけじゃない、誰かと呼吸を合わせるハーモニーを、今から生み出すのだ。

マリンバと、くちぶえ。

新しい自分の『音』を見つけるために、息を止め、打鍵をはじめた。優しい伴奏から音楽がはじまる。

♫

絵留は唇をぶるぶると震わせ、口輪筋をほぐした。

また、やり直し。

リズムがバラバラになってしまったり、音程がズレてしまい、そのたび誰かがストップをかける。

「なかなか合わないね……」

隣で肩を落とす柚葉に、絵留は背中をぽんと叩いてやった。

「マイクに息が入らないように、もう少し立ち位置調整してみよう。くちぶえってマイクの使い方も重要なんでしょ？」

「あ、うん。シルボさんにそう教えてもらった」

シルボさんとは誰だろうと思いつつ、絵留はマイクに向けて短くくちぶえを吹き、一番良い音を拾ってくれる角度を確かめる。

「あと、ユズ、テンポ速すぎるかもね。セーラがついていけてない。もうちょっと一音一音丁寧にやろっか」

「……ごめん」

星良の方が謝ってきたので、柚葉が慌てている。

「わたしが焦っちゃってるんだって。ごめん、みんなの音ちゃんと聞く」

「そもそも、個別に録って編集で合わせるのが一番綺麗に揃うとは思うんだけどね」

絵留が言ってみると、真子、柚葉、星良までもが首を横に振ってきた。

（だよねえ）

絵留は苦笑してしまう。クオリティーの高い動画を作りたいと思っているわけではなく、みんなで息をそろえたい、その瞬間を、ライブ映像を撮りたいと願っているのだ。その思いは絵留も一緒だった。

「わかった。合うまで何度でも、やろう」

そう口にした自分は、好きになれそうだった。

♪


「ごめーん、ミスった！　やっとちょっと合ってきたのに」

「息切れしてきてるよね。ちょっと休憩しよっか」

星良の言葉に柚葉は頷き、床に大の字になって転がる。

夜もずいぶん更けてきて、もうリテイク何回目かわからなかった。くちぶえを吹きすぎて頬が痛くなるのは何度か経験したが、舌までもが筋肉痛のような症状を訴えはじめている。

今日は江の島ではしゃいだし、明日もビーチで遊ぶつもりである。聞けるレベルにはなってきているし、妥協してしまってもいいかもしれない。そう思いつつ、もう一回やってみたい、もう少しいけるかもと、繰り返してしまっている。

こんなことにがむしゃらに、一生懸命になっている。誰もやめようと言わない。

急におかしくなってきて、柚葉は転がったまま、くっくっと笑い出した。

「柚葉……？」

「ん、いや、ごめん。みんな、付き合ってくれて、本当にありがとね。みんな大好き」

天井に向けて呟いてから、勢いよく立ち上がる。

星良は微笑み、絵留は肩をすくめ、真子は既にマレットを構えている。

少しずつでも、前に進めている。

「じゃあ頭から、もう一回やってみよっか」

♫

マリンバの伴奏に合わせて、星良はくちぶえを吹く。柚葉も、絵留も、真子も吹き出す。お互いの歩調を合わせるみたいに、息の量を調節し、時にはパートに分かれてそれぞれの音を聞く。

本格的にくちぶえを合わせていくのは初めてのことで、それがどんなに大変なのか思い知らされた。けれど同時に楽しくて、いつまでも続けたいと感じる。

音が溶け合って、夏の情景が見えてくる。四人で乗った電車、きらきらした海岸線、大きな橋を歩いて高台から海を見下ろしたこと。風にのせてくちぶえを吹いたこと。鼓動のリズムが繋がっていく感覚。

ずっとそばにいてほしいと、星良は心から歌う。

みんな同じ気持ちでいるのが、くちぶえの音を通して伝わってくる。

Darling, darling
Stand by me, oh stand by me
Oh stand now, stand by me
Stand by me…

――気づけば、演奏が終わっていた。

「……合った」

ぽつりと真子が吐き出す。

星良と柚葉、絵留も呆然と顔を見合わせる。

星良は、ほぅっと、感嘆のため息をもらした。

完璧だった。後で見聞きしたらそうでもないかもしれないが、波長が合って、息が合って、音が溶け合った。その感覚が体験できただけでも十分だった。自分たちの中での最高を引き出せたと、全員が感じていた。

口の端がむずむずと上がっていく。嬉しさを堪えきれない。

「合ったー!」

全員で跳びあがって喜んでしまった。

翌日の昼過ぎに柚葉は目を覚ました。

見慣れないベッドシーツ。見慣れない寝室。自分が今どこにいるのか一瞬わからなくなる。

少しずつ意識がはっきりとしてきて、友達四人で別荘に宿泊していることを思い出す。起き上がると、もう他のベッドには誰もいなかった。

そういえば、朝方まで動画の編集作業を行っていたのだ。当然その日に終わる作業量ではなかったが、くちぶえ合奏がうまく撮れた興奮がなかなか冷めやらず、その後も柚葉はしばらく起きていた。

ドアが開き、星良が中に入ってきた。

「あ、柚葉起きたんだね」

「おはよー星良」

「おはようって時間じゃないけどね。三人でハンバーガー買ってきたんだけど、食べる？」

「食べる食べるっ」

ベッドから降りると、激しい運動をしたわけでもないのに、体の節々が痛くなっていることに気づく。特に頬が痛くなっていて、柚葉は笑ってしまう。笑うと頬の筋肉が押し上げられ、もっと痛かった。

ハンバーガーで腹ごしらえをした後、柚葉たちは由比ガ浜ビーチに出て来ていた。滑川（なめりがわ）を隔てて、材木座（ざいもくざ）海岸の西に続くのが由比ガ浜ビーチである。湘南の海岸として有名で、周辺にはお洒落な店が建ち並び、シーズン中は海水浴客に溢れかえっている。シーズンオフは比較的静かで、サーファーたちのメッカとなっているのだが、八月は隙間なくパラソルが立てられ、たくさんある海の家も大賑わいだ。

柚葉、星良、絵留、真子は、別荘で水着に着替えてきた。前日の疲れはどこへやら、全力で海水浴を楽しむ気満々だった。腿で揺れるひらひらしたフリルが可愛い、ワンピース水着の星良、抜群のプロポーションを見せつけるようなビキニ姿の絵留、長いパレオを上品に着こなす真子。スクール水着しか持っていなかった柚葉は、おしゃれ水着の女子高生たちに内心しまったと思いつつ、ラッシュガードを羽織り、来年はしっかり準備しなくてはと心に決める。

みな湘南エリアに住んでいるから、海に慣れ親しんでいる。それでも夏の海を見ると、解放的な気分は更に高まった。

前日に引き続き、恵まれた晴れ空だった。濃い青を映しだす海は鮮やかなマリンブルーで、時折海原がゆったり大きくふくらみ、穏やかな波頭が白く立つ。どこまでも続く水平線は、太陽の光できらきらと宝石の粒のような光を放っている。

「みんな、いこっ」

水着のことはすっかり吹き飛び、柚葉は声を弾ませて砂浜を全速力で駆け出した。浜辺の足音はサクサクと音を立て、裸足(はだし)の足に熱く吸い付く。潮の香りがもっと強く、濃くなっていく。誘われるまま、四人は一斉に海へと飛び込んだ。

波打ち際を駆け回り、寄せてくる波をバシャバシャと蹴散らした。キャアキャアと笑い声を上げて水を掛け合ったり、浅瀬を泳いだり、浜に上がって砂のお城を作ってみたり、部活や課題に追われた分を取り返すかのように、とにかく四人ではしゃぎまわった。

昼下がりになって、四人でビーチバレーに興じていると、浜の一角に人だかりが出来ていることに気づいた。

「なんだろう……？　行ってみる？」

柚葉が言うと、三人も頷いてきた。元々海水浴客で溢れている中、砂浜に簡易ステージが準備されていて、そこに人がわらわらと集っている。

どうやら観覧フリーのビーチフェスが催されていて、順番にステージでパフォーマンスを披露している様子だった。

ストリートダンスやフラダンス、和太鼓、ミュージカル、イベント出演しているパフォーマーたちは老若男女様々だった。陽気だったり、オシャレだったり、情緒があったり、南国の雰囲気であったり、趣向を凝らして観客を楽しませている。柚葉は面白くて目が離せなくなる。ずっと鼓動が高鳴っていた。

すると、次のプログラムに入って、柚葉が知っている人物がステージに上がってきたので、柚葉は思わず「あっ」と大きな声を上げてしまった。

司会者の紹介で、プロのくちぶえ奏者だと紹介される。

柚葉はこれまで、くちぶえの動画を数多く見て勉強してきた。その動画でくちぶえを吹いていた人物が生で目の前に現れたのだ。

由比ガ浜ビーチに、マイクを通して陽気なくちぶえが響き渡る。

昨晩、自分たちは最高の演奏をできたと感じたが、思い上がりだった。プロのくちぶえ奏者の音はまるでレベルが違う。

そこにマイナス感情はなかった。もっと上手になりたい。たくさん勉強して、練習して、技術を磨き、自分だけのくちぶえを奏でたい。柚葉は純粋に願った。

くちぶえ奏者は何曲か披露してみせ、見事なパフォーマンスで観客を沸かせた。涼しげな波音にまざったくちぶえは雰囲気たっぷりで、柚葉はわくわくして、ときめいて、くちぶえのリズムに乗っていた。星良も、絵留も、真子も、柚葉と同様に目を輝かせ、耳を傾けていた。同じ感情を共有している。

夏の終わり、青春の真っただ中にいる自分たち。こんな風にくちぶえに全力を注いでいることを、きっとこの瞬間を、いつまでも忘れない。

そんな風に胸に刻んで、今この時に聞けてよかったと感じた。

柚葉はずっと感動していた。何度か目が潤んだ。自分の求めていたものは、ここにあるような気さえした。

二日目はたっぷりビーチで費やして、ついでに海の家で夕食を済ませてから別荘に戻った。遊び疲れて全員へとへとだ。

眠気と戦いながら、順番にお風呂に入っていく。

じゃんけんで決めて、柚葉が三番目だった。さっと洗って出て、最後の星良とバトンタッチする。寝室に行ってみると、先に入浴を済ませた絵留と真子は、既にベッドに入って寝息を立てていた。

柚葉もベッドに倒れこもうとして、ふと夜風に当たりたくなった。風呂のせいだけではなく、体の奥に残った熱を冷ましたかった。

二階に広いテラスがあるのでそこに出てみると、潮の混じった風に乾ききっていない髪がスッとした。火照(ほて)った頬も冷ましてくれる。暗くて海はよく見えなかったが、耳を澄ますと微(かす)かに波の音が聞こえる。湘南の波はいつも穏やかで優しい。

椅子に腰かけ、気持ちを落ち着かせるため、目を閉じてしばらく波の音を聞いていた。明日にはここを出て、日常に戻る。明後日はトランペットのオーディション。柚葉にとってとても大切な日だ。でも今は、まだ非日常の中にいたいと、柚葉はくちぶえで『スタンド・バイ・ミー』を吹きはじめた。

すると、テラスの扉が開き、星良が顔をのぞかせた。

「柚葉」

柚葉はくちぶえを止める。

「星良、お風呂あがったんだね」

「うん。柚葉はまだ寝ないの？」

「へへ……昨日と今日さ、あんまり楽しすぎて、ちょっと興奮しちゃってるみたい」

星良もテラスに出てきて、柚葉の隣の椅子に腰かけた。星良が上空を何気なく見上げたので、柚葉も空を見る。空気の澄んだ夜空は星が瞬いていて、月が綺麗に浮かんでいた。

「楽しかったぁ。一生忘れない思い出、できちゃったね」

「うん」

「動画の準備するから待っててね。投稿の反応、楽しみだな」

「ねえ柚葉」

「ん、何？」

星良がとつぜん真顔になり、柚葉を見つめていた。

「聞こうかどうか迷ってたんだけど……動画投稿してるのって、もしかして、お父さんに見つけてほしいから？」

柚葉はふっと顔を綻ばせる。

「……星良には、敵(かな)わないなぁ」

心の奥底に、その気持ちがあった。それをあっさりと見抜かれてしまっていた。

「わたし、喧嘩になっちゃうのが嫌で、お母さんに強く聞けなくて。でも本当は、ずっとお父さんのこと、気にかかってる。動画のタイトルや概要欄にお父さんが検索しそうなワード入れたりして、そしたら見つけてもらえるんじゃないかって」

「……ごめんね」

「え、なんで星良が謝るの？」

「私、柚葉が動画投稿してるのは、お気楽で、軽い気持ちだって思ってた。お父さんのこと聞いてたのにね。柚葉がお父さんを探してるって、知ってたのに。軽い気持ちなわけないのに……」

「あはは、やだな。そんな深刻にならないでよー」

「柚葉」

柚葉は茶化そうとしたが、星良は真剣な表情のままだ。

(……ほんと星良には、敵わないな。わたしの辛い気持ちも、全部引きずりだしていく)

「会いたい」

ぽつりと、本音を吐き出した。

「もう二年も行方がわからないんだし、生きてないのかもしれない。それでも同じ道を歩めば、お父さんに会えるかもってどこか期待してて。でもそれだけじゃ足りなくて、動画投稿したら、もしかしたら見つけてもらえるかもって……お父さんに会いたい。結局ずっとそればっかりなんだ」

星良が首を横に振る。瞳がしっとり濡れていて、照明できらきら光った。

「明後日は、オーディションあるから頑張ろうね」

「……そうだね。それが、わたしの最初の一歩。お父さんと同じ道を歩むなら、まずはレギュラーを取らなきゃね。そこから」

柚葉が言うと、星良は微笑み、強く頷いてきた。

「柚葉なら絶対に大丈夫。きっとレギュラーになれるし、プロの演奏家になれる。それで、お父さんに会えるよ。私はその気持ちを、全力で応援するから」

心の底から、柚葉の道を信じてくれているのが伝わった。その気持ちは、柚葉にとって前へと進む力となってくれる。

「うん」

星良が伸ばしてきた手を、柚葉は祈るようにぎゅっと握りしめた。

楽しかった旅行は、あっという間に終わり。

夏休み最終日は、楽器オーディションの日だ。

その日の柚葉は星良と共に、いつもより気合を入れて志戸学園に出向いた。

音楽室のドアを開け、「おはようございまーすっ」と、大きな声で入っていく。

既に多くの部員が来ていた。

入ってすぐに、柚葉は違和感に気付く。

しんとしている音楽室内……柚葉たちを見る視線が、どこかよそよそしい。

絵留と真子の姿も見つけた。二人ともとても悔しそうに、ぎゅっと唇を嚙んでうつむいていた。

すぐに心臓がバクバクと早鐘を打ちはじめる。嫌な予感で、込めてきた気合は血の気と一緒に消え失せていく。

「あ、あれ？　みんなどうしたの？」

さすがに戸惑って、入口の前で立ち止まってしまう。

部員たちは皆静かだった。

そんな中——柚葉たちの前に出てきたのは、部長の黒野先輩だった。

「黒野先輩、えっと、おはようございます……」

「森村。あのさ、今日のオーディション、受けるのやめてくれないか」

「え？」

辛そうに眉をひそめて言ってきた黒野先輩に、ぽかんとしてしまった。部長の黒野先輩は、普段は穏やかで優しい。けれど、時には厳しく場を引き締めるからこそ、頼りにされている三年生だ。

「実は……森村の動画投稿が問題になってるんだ」

「動画投稿って……くちぶえの？」

「それ。練習中もよく吹いてただろ？　それで、真面目にやってない上にくちぶえの動画投稿までやってる。そんな中途半端な気持ちなら、トランペットのオーディションから除外してほしいって……ペットパートからの意見があって」

「そんな……」

柚葉が個人的に投稿していたくちぶえ動画。練習中に吹いていたくちぶえ。それらが、トランペットパートの仲間たちにとって、苛立ちの種になってしまっていたのだろう。真面目に練習していないのに、オーディションで選ばれるかもしれないことが、許せなくなっていたのだろう。

柚葉は冷水を浴びせかけられた気分だった。凍り付いて、足が震えた。

くちぶえと、トランペット。どちらも取ろうとした結果がこれだった。

目の前が真っ暗になる。

オーディションに合格するのは、目的への最初の一歩だと思っていた。その一歩すら踏み出せない。

どうしようもなくて、柚葉はうつむき、ぎゅっと拳を作った。

(反論できない……わたし、中途半端な気持ちだったのは、本当だ)

その時だった。

「……くちぶえは私が、柚葉を巻き込みました。元々吹部やめたいって言った私を引き留めるために、柚葉は私の気を引くために、くちぶえを吹いていただけです」

隣に立つ星良が声を発した。

「星良……？」

震えていた拳を、そっと握られていた。大丈夫だから柚葉は何も言うなと、星良の心の声が聞こえた気がした。

「くちぶえを吹かせてしまったのは、私の責任です。柚葉が練習に集中できるように、私が——吹奏楽をやめます。だから、柚葉のトランペットを、ちゃんと聞いてください。柚葉は、ちゃんと吹けます！　柚葉は、この吹奏楽部に必要な『音』です！　オーディションを受けさせてください！」

星良が大きな声で凜と、整然と告げた。

長く一緒にいて、そんな大きな声を聞いたことがなかった。柚葉は驚愕し、隣の星良をただただ見つめる。

「柚葉には、チャンスを与えてください……！」

深く頭を下げた星良に、さすがに黒野先輩は戸惑っている。

「……そういうことなら、話せばみんなも納得してくれると思う。でも満井がやめることは——」

「ありがとうございます」

「満井？」

星良の手が離れた。

黒野先輩の言葉を待たず、星良は踵（きびす）を返し、音楽室を出て行った。

追いかけようとして、足が動かなかった。星良の気持ちが痛いほど伝わった。場を収めるために、部の全員を納得させるために、星良はやめると言ったのだ。ここで追いかけてしまったら、星良の気持ちをすべて無駄にしてしまう。

『柚葉なら絶対に大丈夫。きっとレギュラーになれるし、プロの演奏家になれる。それで、お父さんに会えるよ。私はその気持ちを、全力で応援するから』

廊下を走る音が遠ざかって――聞こえなくなった。

二人の『音』が、離れていく。

第五章
フライ・ミー・トゥ・ザ・ムーン

♪♪♪♪♪

満井星良が五歳の時に、森村家は近所の建売一軒家に引っ越してきた。星良の家もそうだが、北鎌倉の一角にある新興住宅地に、同じ形の家が次々に建てられていた時期だ。当然若い夫婦と小さい子供の組み合わせが多く、星良の家にも引っ越しの挨拶まわりがしょっちゅう来ていた。森村家は三人で菓子折りを持って挨拶にやってきて、母親のお腹は大きかった。

森村家の娘は五歳で、星良と同じ年だった。名前は『柚葉』ちゃん。玄関で母親がお腹（なか）を重たそうにしながら、そう紹介した。星良は自分の母の後ろに隠れていたのだが、柚葉がにっこり笑いかけてきて逃げ出した。

柚葉はほどなく、星良と同じ幼稚園に通い始めた。柚葉の顔はすぐわかったけれど、人見知りの激しい星良から話しかけることはできなかった。目が合うと逃げる星良に、柚葉も強引に近寄ってこようとはしなかった。

幼稚園が終わった後、近所の子供たちで集まって家の前の道路で遊んだりする。

その輪に星良は入れなかった。家の二階の窓から眺めていたり、玄関先でうろうろしながらひとりでボール遊びをしていた。ある日気づいた。柚葉は既にたくさんの友達を作って、近所の子供たちの輪に入っている。幼稚園でもたくさんの友達に囲まれて、自分の家に招待したり、遊びに行ったりしている。

いつも元気いっぱいで、柚葉の笑顔は本当に可愛い。

星良も、本当は柚葉と仲良くなりたいと思っていた。

けれど、みんなのところに行って声をかける勇気はなかった。自分の声は変だから、男の子たちによくからかわれる。きっと声を聞かれたら、柚葉にも変に思われてしまう。声は出したくない。どうしたら自分の気持ちに気づいてもらえるのだろうか。

自分の母も、特に森村家と親しくなっているわけでもなく、キッカケはなかなか見つけられなかった。

そうして毎日毎日、遊ぶ柚葉たちを遠目に見ながら、自分の家の玄関先でうろうろしていた。

「──もしかして、入れてほしいって思ってる？」

あるとき。頭上から声が降ってきて、星良はびっくりして空を仰ぎ見た。

星良に声をかけたのは、大人の男の人だった。いつもなら怖がって家の中に隠れてしまうところだが、知っている大人だったので、なんとか押しとどまる。

引っ越してきた時に、夫婦で挨拶に来た、森村家のお父さん。自分のお父さんとは全然違って細身で、ずいぶん若く見えて、おじさんと呼ぶより、お兄さんと呼んだ方がいいように思える。

平日の夕方にラフな私服姿でいることは少し不思議だったが、双子の赤ちゃんが産まれたばかりで、『いくじきゅうか』を取っているのだと、母が言っていた気がする。森村家のお父さんが、優しげに目を細めて、星良に語り掛けてくる。

「さっきね、柚葉の様子を見てて、君がこっちを見ていることに気づいたんだ。君も柚葉たちと一緒に遊びたいのかなって」

星良はおそるおそる、こくりと頷く。声を出さないように、固く唇を結んでいた。

その顔を見て、森村家のお父さんは何か察してくれたらしい。

「もしかして、おしゃべりが苦手なのかな?」

星良はもう一度こくんと頷く。

すると、森村家のお父さんは、くしゃりと顔全部で笑った。柚葉そっくりの笑顔だった。

「じゃあ、特別に魔法を教えてあげるよ」

中高生になってから忙しく、星良が森村家にお邪魔するのは久々だった。

小学生の頃は、当たり前のように毎日どちらかの家に入り浸っていた。その頃に比べて、一軒家はほんの少しくたびれたように見える。玄関灯がチカチカとついたり消えたりしていて、小さな庭は雑草が伸び放題だ。壁もずいぶん傷んでいた。父親がいなくなって、母一人で家を管理しているのだから、手が回っていないのだろう。それでも森村家が引っ越さずにこの家に住み続けていることは星良にとってもありがたかったし、不思議とこの家から不幸な匂いはしなかった。

まだ夏の空気が残っている九月の週末の夜、星良は柚葉の家の玄関チャイムを押した。

チャイムを押してしばらく待つと、ドアの向こうでパタパタと軽い足音が聞こえ、ほどなく玄関が開けられた。

ひょこりと顔を出したのは、小学校低学年の女の子。柚葉の妹、乙葉だった。柚葉とよく似た丸い瞳が愛らしい。

「あー、せいらだー」

「こ、こんばんは乙葉ちゃん」

「おねーちゃーん！　せいらが来たよー！」

（私のこと、まだ『せいら』呼ばわりなんだ……）

乙葉は、またパタパタと足音を立てて行ってしまう。

玄関の中に入ると、今度は角からこっそりのぞいている、同じ顔の男の子二人に気づいた。柚葉の弟、小学六年生の航と翔だ。

「星良は人見知りがはげしいからな。あと今、ショーシン中だから、あんまり話しかけるなよ？」

「そんなこと知ってるよ。ユズ姉とは全然違ってセンサイなんだ。ユズ姉は人類皆友達だと思ってる頭おかしいヤツだから、星良の方がまともだよな」

（やっぱり呼び捨てされてる……きっと柚葉、よく私の話題を出すんだろうなぁ）

日々の食卓で、母、弟、妹たちに星良のことを嬉々として語る柚葉の姿は、容易に想像がついた。それに赤ちゃんの頃から翔、航、乙葉のことは見てきているので、星良もきょうだいの一員のように扱われているのだろう。嫌な気持ちはしない。

するとと当の柚葉が、リビングの方から現れた。

「こらっ、頭おかしいってどういう意味⁉」

「やべ、ユズ姉に聞かれた」

「逃げろ！」

ダダダダと、荒い足音を立てて弟たちが二階に逃げていく。

星良はひとりっ子なので、家の中の騒がしさに、毎度目を白黒させてしまう。

「もうっ、家の中で走らないでってば！」

逃げていった弟たちを叱った後、ようやく柚葉の瞳が星良の方に向けられた。

「星良、いらっしゃい。さ、上がって」

「うん。お邪魔します」

微笑みを浮かべる柚葉は、どこか寂しそうだった。星良を見つめる目に、力がない。本来柚葉は真っすぐで、真摯な強い瞳を持っている子だ。

(傷心なのはどっちなの)

そう言ってしまいたくなる。

「星良、あのね、本当にごめ――」

「謝らないでいいってば。それにその顔。今日は私お祝いに来たんだよ? もっと嬉しそうにしてくれなきゃ」

「でも……でもね星良。やっぱりわたし、星良がやめることはないって思うんだよ」

もう何度も繰り返された話を、柚葉はまた口にしている。

「もう、言ったでしょう? 私ね、野球の応援の時、合奏に一度参加できただけで、満足しちゃったの。私の『音』は、くちぶえなんだって思う。だから、これ以上吹奏楽部にいる意味はもうあんまりないのかなって。柚葉のせいじゃなくて、それは自分で決めたことなの。はい、この話はおしまい」

――夏休み最終日、柚葉がくちぶえ動画の投稿をしていたことや、練習中にくちぶえを吹いていたことが、トランペットパート内で問題視されてしまった。クレーム自体は深刻なものではなかったのだが、柚葉にオーディションを受けさせない流れになってしまいそうで、星良は「くちぶえを吹かせたのは自分の責任だから、私がやめる」と、大きな声で主張したのだ。柚葉が気にしないわけがない。その後もしつこく、星良がやめることはないと言い続けた。

もちろん吹奏楽部に対する憧れは変わらず持っているし、トロンボーンにもう触れられないことは、胸が痛まないと言えば嘘になる。柚葉と道が分かれてしまうのも辛い。けれど、星良は器用ではないし、自分のできることがそんなに多くないこともわかっている。自分の『音』を見つけた時から、少しずつ感じていることだった。

息抜きではなく、遊びではなく、本気でくちぶえをやりたい。

それならば、やはり自分は吹奏楽部にいるべきではないのだ。それが星良の出した答えだった。

「柚葉、レギュラーおめでとう」

星良は改めて口にした。

柚葉は泣きそうな顔になった。ちっとも嬉しそうじゃない。まだまだ夢には程遠いが、吹奏楽部でレギュラーになるのは、海外でプロ演奏家になるための、夢への最初の一歩になるはずだった。

それなのに、まるでいつもの星良みたいに、何か言いたげにしながら、喉を詰まらせ言葉を止めてしまっている。

柚葉らしくないとは感じたが、色々な想いを堪えている以上、そうなってしまうのも仕方のないことだろう。星良に吹奏楽部をやめてほしくない、自分も一緒にくちぶえを吹きたい。その気持ちはひしひしと伝わってくる。

けれど、柚葉は父に会いたいという願いを持って、吹奏楽部に入部した。トランペットパートを選んだ。それを捨てることはできないし、星良もそんなことは絶対させたくないと思っている。

星良がひとりで吹奏楽部をやめると言って音楽室を出ていった時、柚葉は追いかけてこなかった。星良の気持ちを汲んで、楽器オーディションを受けた。

二人は、違う道を選んだのだ。

（柚葉は強い。だから乗り越えられる）

「ありがとう……」

柚葉は口の端を震わせ、それでも懸命に笑顔になった。

くちぶえは、二人で息抜きにはじめた。

真子や絵留とくちぶえで仲良くなった。

夏休みには、くちぶえ動画を撮るために四人で旅行までした。

しかし、四人でのくちぶえ活動はそこで終わってしまった。一度問題視されてしまった以上、吹奏楽部にこれ以上くちぶえを持ち込むわけにはいかなかった。

「柚葉、星良ちゃん、あんたたち、いつまで玄関にいるの？」

柚葉の母、彩音までもがとうとう玄関に現れた。

「彩音さん、こんばんは」

「今日は星良ちゃんも来るし、柚葉と一緒にはりきって手巻き寿司の準備したからね。森村家でお祝いといえば、手巻き寿司が定番！」

「ああ、うん。今日は星良も来るから、具材も多めなんだよ。でもお母さん、ケーキはやりすぎなんじゃないかな。別にお誕生日でもないんだし。今月完璧に赤字だよ」

「柚葉はうっさいなぁ……細かいことはいいの。お祝いの時はパーッと使わなきゃ。

さぁ食べよ食べよ」

（彩音さんはいつも元気だなぁ）

きっとこの家から不幸な匂いがしないのは、陽気な母の存在が大きいのだろう。星良は彼女から『彩音さん』と呼ぶように言われている。父親が行方不明になっていることを、まるで気にしていないように見える。実際、小さい頃から何度もこの家に足を運んできた星良も、海外への遠征が多かった森村家の父がいないことはさほど気にならなかった。

ただ、まだ物心がつくかつかないかの頃、森村家の父と親しく話したことがある。会話の内容はほとんど覚えていないが、最近よくその頃の思い出が頭に浮かぶ。喉元まで出かかっている感覚で、何かを引き金に思い出せそうな気もしていた。

『じゃあ、特別に魔法を教えてあげるよ』

（そうだ、あの時、柚葉のお父さんはそんな風に言ってた。魔法って――）

「お姉ちゃんだけじゃなくて、おとはもお手伝いしたんだよー」

乙葉が頬を膨らませて主張してきたので、星良はハッと我に返る。

今度こそ何か大切なことを思い出せそうだったのだが、幼少の記憶は、シャボン玉の泡が弾けたみたいに、あっさりと消えてしまった。

「ああそうだよね。ごめんごめん。乙葉も頑張ったよ」

彩音がフォローを入れつつ、乙葉の肩を押してリビングへと連れていく。星良と柚葉もその後に続いた。航と翔は既にテーブルについていた。手巻き寿司の具材だけでなく、からあげやケーキ、山盛りのお菓子など、テーブルの上は隙間がないほどのご馳走が並んでいた。

航と翔がそれらのつまみ食いをはじめていて、柚葉に叱られている。

森村家は、父の姿がなくとも、やはり賑やかだった。

家族と騒いでいる元気な柚葉を見て、星良は胸を撫でおろしていた。

今日、森村家にお祝いに行きたいと言ったのは星良の方だった。

志戸学園吹奏楽部は、来週、大船にある芸術ホールでミニ演奏会を行う。レギュラーに選ばれた柚葉が初めて正式に舞台に立つことになる。それなのに柚葉は心から喜べず、星良のことでずいぶん気に病んでしまっているように見えた。せっかくの晴れ舞台なのだ。余計なことに気を取られず、集中して頑張ってほしいと星良は願っていた。

森村家の家族も、柚葉の夢を心底応援してくれているのが、ご馳走の数々から伝わってくる。

(頑張れ、柚葉)

柚葉に改めて目で伝えると、しっかりと頷き返してくれた。柚葉の気持ちが確かめられただけでも、今日ここに来て良かったと星良は思う。

テーブルにつくと、乙葉がグラスを持ってきてくれた。

「せいらはジュースがいい？　それともお茶？」

「乙葉ちゃんありがとう。お茶でいいかな」

「りょーかいですっ」

(しっかりしてるなぁ……私、小二の時、お客さまに飲み物を出すなんてできてたかな)

乙葉は少し危なげな手つきながら、星良にペットボトルのお茶を注いだ後、彩音にビールまで注いでいる。

そのとき。

「〜〜♪〜〜♪」

乙葉の口からピューピューとくちぶえ音が聞こえて、星良は動揺でグラスを落としそうになった。

「こらー乙葉ー。ごはんの時はそれだめって言ったでしょ」

「へへーお姉ちゃんのマネ」

彩音に叱られて、乙葉は笑いながらべっと舌を出してみせた。舌の上にのっていたのは、笛のような音が出る駄菓子のラムネだった。

「お姉ちゃんいっつもくちぶえ吹いてるから、おとはもできるようになりたいのー」

「おい乙葉。ユズ姉はラムネなんか使ってねーぞ。自分の口で吹いてんだから」

「うん、ラムネはズルだな」

航と翔が口々に言うと、乙葉は頬を膨らませた。

「お兄ちゃんたちだってできないからって、よくラムネ使ってるくせに」

やり返されてしまい、航と翔はぎくりとバツの悪い顔になった。

「う、うっさいなぁ……けっこう吹けるようになってきたし」

「ユズ姉みたいにすげーのはできないけど、乙葉よりは音出るからな」

「なぁ、星良も一緒に吹いてるんだよな？　星良すっげーうまいって、星良のくちぶえすげーって、ユズ姉がいつも……」

「バカやめろって！」

航と翔が、星良の方へと話題を振ってきて、すぐに気まずそうに押し黙った。

微妙な空気になってしまったのだが、幼い乙葉は気づかずに口を開く。

「せいらのくちぶえ、おとはも聞きたい！」

キラキラした眼差し（まなざし）を向けられてしまった。

正面に座っていた柚葉が、うつむいている。彩音はどうしたものかと困った様子で肩をすくめた。

（私が吹いたら……柚葉が辛い気持ちになっちゃう、よね）

吹奏楽部でトランペットに専念すると決めた柚葉の前で、くちぶえを吹くのはさすがに躊躇（ため）われる。

「……ごめんね。ごはんの時は吹いたらお行儀悪いから。また今度、聞かせてあげるね」

星良が言うと、「あ、そうだった」と、乙葉はあっさり納得してくれた。

航、翔も内心期待していたのか、そろってがっかりした表情になっている。この双子は何かと表情や仕草がシンクロしてしまうらしい。

「夜もダメなんだぞー。夜くちぶえ吹くとヘビが出るからねー」

ビールを飲んでいた彩音が、おどけた口調で言ってくる。

「えー何それー！　ラムネもだめなの？」

「ダメダメ。乙葉の布団にヘビ来たら怖いでしょ〜？」

「う、うん、そんなのやだぁ〜！」

「じゃあ今日のくちぶえはおしまい」

微妙だった場の空気が、すぐに和やかな食卓へと戻ってくれた。色々察しがついているらしい、彩音が気遣ってくれたのだろう。

ほんの少し、胸が苦しくなった。

柚葉と二人で、くちぶえをはじめた。

それなのに、もう柚葉の前では、きっと吹けない。二人の『音』の道は、別々になってしまったのだと、改めて思い知る。

週が明けた放課後、星良は職員室に足を運んだ。

志岐乃先生に用事があったため、星良は入ってすぐ志岐乃先生のデスクを目指す。

志岐乃先生は、近づく星良に気づいて椅子を回転させ、体の向きを変えた。

「こんにちは、満井さん」

「こんにちは、志岐乃先生」

「……本当に、気持ちは変わらないですか？」

「はい」

星良は、持ってきた封筒を志岐乃先生へと差し出す。——『退部届』と書かれた封筒。中には保護者の同意書が入っている。吹奏楽部の事務まわり、経理担当でもある志岐乃先生に今日これを提出する段取りになっていた。両親との話し合いも済んでいる。両親は星良が吹奏楽部をやめることを反対せず、理解を示してくれた。

志岐乃先生は、残念そうな表情だった。

「夏休み最後のあの日、私はいなかったんですが……部員たちから大体の事情は聞いてます。部のみんなも、さすがに森村さんや満井さんをやめさせたいとまでは思っていなくて、だからすごく反省してます」

「いえ……そもそも、吹奏楽部でくちぶえを吹いていた私たちが悪いんですし……遊んでる、真面目にやってないって思われても仕方ないです。それに、私自身、吹奏楽部じゃなくて、くちぶえを本気でやりたいって思いはじめてて。だから今回のことは良いキッカケだったのかなって」

「本当に？　吹奏楽部に未練はないんですか？」

「それは……」

星良は吹奏楽部の『音』に憧れて、その一員になりたいと願ってこの学校に入学した。追い求めて、必死についていったところから弾き出されてしまったような感覚は、正直ある。

（私にはくちぶえがあるからって、言い訳にしてるのかな……）

志岐乃先生に言われると、本当のところは自分でも分からなかった。自分からではなく、流れでそうなってしまったことで、昇華しきれないモヤモヤした気持ちを抱えてしまっているのかもしれない。

自分の『音』はくちぶえだから、吹奏楽部をやめてくちぶえを吹く。星良はそう決めたと思っていたのだが、実際、あの日からくちぶえは吹いていなかった。胸にぽっかりと穴が開いてしまった気分だった。

職員室の床。上履きの足先。志戸学園に入ってから、星良が何度も見てきた景色を見てしまう。

黙ってしまった星良に対し、志岐乃先生が口を開いてきた。

「何度も聞いちゃって、ごめんなさい」

「いえ……」

「満井さん、前よりずっと、しっかりと話せるようになりましたよね。それはきっと、くちぶえをはじめたことがやっぱり良かったんだと思います。だからくちぶえをやりたいっていう気持ちは、すごく応援したいと思ってるんですよ」

「ありがとうございます」

「満井さんのくちぶえ、今度ちゃんと聞いてみたいです」

「え？」

志岐乃先生の言葉に、星良は驚いて顔を上げた。

「満井さん、ちゃんと誰かの前で吹くことは、してくれなかったでしょう？　吹奏楽部の練習中、私、けっこうあなたたちのくちぶえを楽しみに耳を澄ましてたんです。でも、しっかり聞かせてもらったことはないから」

「あ……」

言われてみれば、そうだと思い当たった。星良は、柚葉や真子、絵留以外に、自分のくちぶえをしっかりと誰かに披露したことがない。

「ねぇ、満井さん」

「……なんですか？」

「私ね。ひとついいことを思いついちゃったんです。ちょっと考えてみてくれますか？」

志岐乃先生が、いたずらっぽい微笑みを浮かべていた。

「失礼します……」

志岐乃先生からの提案で、頭の中がいっぱいになっているまま、星良は職員室を出た。

——すると。

「セーラ」

「ちょっと話さない？」

職員室の前で、星良が出てくるのを待ち構えていた女生徒たちがいた。

絵留と、真子だった。

部活動はある日だったが、真子と絵留は、星良に話したいことがあるらしく、そろって遅刻するという連絡を入れていた。

星良たちはとりあえず話せる場所を探そうとなって、結局、屋上へとたどりついていた。

触れる風はなまぬるく、まだ秋らしさは感じられない。ほんの少し、暑さが緩んできた気がするくらいだ。

フェンスの方へと歩いていくと、グラウンドが見下ろせた。野球部やサッカー部が活動している掛け声や、ボールの音がここまで届く。それに混ざって、吹奏楽部の楽器の音。なんてことはない、日々当たり前に耳にしている学校の日常音だったが、星良は取り残されたみたいな気持ちになってしまった。

絵留の方が、先に切り出してきた。

「セーラ、アタシたちさ、二人で話し合ったんだ。夏休み最終日のこと」

「最初は、満井が言ったようにするしかないって思った。でも、やっぱり納得できなくて……」

「せっかく四人でくちぶえ仲間になったのに、もうできないの？　そんなの嫌だよ。だってさ、くちぶえ動画撮った時さ、めちゃくちゃ楽しかったじゃん。アタシは、セーラとユズのくちぶえに誘われたから、部活に戻ったんだよ。なんでセーラがやめちゃうの。くちぶえはどうなるの」

「吹部であんな風に言われて、私たちがそのままくちぶえを吹くのは無理かもしれない。でも私は、四人で作ったハーモニーは、最高に良いものだと思った。だから、くちぶえをやめたくない」

「セーラ、やめないでよ」

「お願い、吹奏楽部に残って」

少しの間考えを巡らせ、彼女たちが納得できる道筋を示すことにした。

止めてくる絵留と真子に、星良の胸はぎゅっと痛む。

「あの日も言ったけど、私はやめたいと思っていた側だから。柚葉がくちぶえを吹こうって引き留めてただけで、ついていけてなかった。だからね、これで良かったんだよ」

「くちぶえは？」

「セーラ、くちぶえは一人で続けるの？」

二人が真剣な表情で、口々に言ってきた。

「うん。一人で続けるつもり。それに、吹奏楽部の活動中はできなくてもさ、また一緒に吹ける時はあるよ。暇ができたら、集まってやればいいよ」

そう言ってみせると、絵留と真子も、それ以上は抗（あらが）えない様子だった。くちぶえは息抜き。くちぶえはグループ行動の、遊びの一環。全員がその認識だったはずだ。

吹奏楽部の活動以外で、できるときに友達同士で集まってやればいい。

柚葉のトランペットだけではなく、真子のマリンバも、絵留のフルートも、演奏のレギュラーメンバーに選ばれた。そうなると、吹奏楽部をやめた星良との時間を作るのは困難になるのは目に見えていた。それでも、そう口にすれば、絵留と真子は納得するしかない。

（もうできないだろうって思ってるけど、そう言うしかない）

夏休みに四人で吹いたくちぶえは、宝物みたいに星良の中にある。

でも、これからを想像しても、四人でくちぶえを吹いている姿は、もう星良には思い浮かべることができなかった。

演奏会当日の秋空は、薄雲が流れて、綺麗に澄み渡っていた。

星良は森村一家に誘われて、大船の芸術ホールに来ていた。会場までは、彩音が車を出してくれた。

もちろん彩音に誘われなくとも、星良は行くつもりだった。小規模なイベントで、演目も少なく、小ホールでの演奏会となる。それでも柚葉、絵留、真子の初舞台なのだ。休日とはいえ、星良も制服を着てやってきた。

「せいら、ここ空いてるからすわろっ」

開始時刻まで時間はあったが、観客席は既に埋まり始めていた。

まだ館内はガヤガヤと騒がしく、席を移動している人も多い。ホールの中ほどに並びで空いている座席を見つけ、指さしたのは乙葉だった。

「おとはとせいらは、となりどうしね」

「オレも星良のとなりがいい」

「オレも」

「やだー、お兄ちゃんたちはあっち行っててってー」

「こらこら、星良ちゃんはひとりだけでしょ？　三人とも隣同士になるなんて無理だから」

何故か、森村家のきょうだいで座席争いが勃発する。何かと喧嘩しないと気が済まないらしい。星良は苦笑いを浮かべる。熾烈（しれつ）な席争いに発展しそうになり、彩音にピシャリと叱られていた。

結果、星良は通路側の端に座り、隣は彩音という並びでようやく落ち着いた。

開演は十三時から。星良は受付でもらったプログラムを開く。並ぶ曲目に複雑な気持ちを抱いた。今日は格調高いコンクールではなく、観客を喜ばせるための演奏会。誰もが知っているような、エンタメ寄りの曲目だった。星良も少し前まで、一生懸命に練習していた曲ばかりだった。

ステージはまだ緞帳が降りた状態で、観客席側の照明がついている。幕の向こう側でバタバタと動く人の気配がする。もしかしたら柚葉かもしれないし、絵留かもしれないし、真子かもしれない。想像すると、やはり胸が苦しくなった。自分と彼女らは、もはや幕で区切られてしまっている関係だ。

(ああもう……いちいち暗くなっちゃうの、良くない)

星良はステージに目を向けるのをやめ、観客席側を見回した。そこでふと見覚えのある子たちが視界に入った。

絵留と同じクラスの、友達三人だった。派手な私服が浮いていて目についた。だが、目につく言動をしているわけではなく、三人とも大人しく座っている。

(成瀬さんの応援かな……きっとそうだよね)

スマホを触っている人たちや、走りまわる子供、前の座席に足をかけているマナーの悪い人間もちらほらいる。そんな中彼女たちは、じっとステージに目を向けていた。絵留と彼女たちの関係は悪くなっていない。彼女たちがちょっぴり怖いけど、悪い子たちじゃない。星良は微笑みを浮かべてしまう。救われた気分だったし、見方を改めようと反省した。

「ねぇ星良ちゃん」

不意に、隣の彩音が口を開いてきた。星良は彩音を見て、首を傾げる。

「なんでしょうか……？」

「柚葉の道は、本当にこれで合ってると思う？」

「え……」

「私、わからなくて。柚葉がやろうとしてることは、もちろん知ってる。陸と同じ、トランペッターを目指してるんだよね」

「はい」

陸とは、柚葉の父、彩音の夫の名前だ。

「私は陸とは全然違う世界を生きてきて、本当に偶然の巡りあわせで、なかば駆け落ちで結婚して、子供まで産んだ。うちの家系は堅かったからさ、陸の職業をまるで理解してくれなくて、ふらふらしてる、地に足がついてないって何度も言われたんだ」

「そう、だったんですね……」

「私は、そんなことないって反発して、ほら、家まで買ったし、子供も産んで、ムキになってるところもあったのかもね。結局そういうのが息苦しくなっちゃって、陸はいなくなったのかもしれない。それを思うとさ、柚葉が同じ道を目指しているのはいいことなのかわからないんだ……陸からは連絡ないんだけど、一度ね、代理人って人からまとまったお金が送られてきた。それってつまり、陸は自分の意思で私たちの前からいなくなったことなのかなって。まぁ、そんなのは無視したんだけど。お父さんの真実を知ったら、柚葉は酷く傷つくのかもしれない」

彩音はいつになく、深刻にぽつりぽつりと語る。

「いなくなった本当の理由はわからないし、今どこで何をしてるのかも知らない。どっかで野垂れ死んだのかもしれない。柚葉のやりたいことを止めるつもりはないけど、本当にこれでいいのかなって思いはあるんだ。なんでかな、前はそんなこと思わなかったんだけど、最近の柚葉が、どっか苦しそうだからかも」

「それは……」

（そうかもしれない）

口にはできなかったが、星良も思ってしまう。柚葉がトランペットにこだわるのは、父と同じ道を歩みたいからだ。でもその父の真実が残酷なものだったら？　父に会いたいという理由だけで、突き進むことは正しいのだろうか。苦しい顔をしているのは、きっと、柚葉にとってトランペットだけが自分の『音』ではないという、想いを抱えはじめているからだ。

（柚葉、本当はきっと……）

「そういえば、十三時過ぎてるのにはじまらないね」

彩音に言われて、星良もホールの壁時計に目を遣る。照明は観客席側が明るいままで、観客もざわつきはじめている。

そこで、館内スピーカーから、開演が遅れるというアナウンスが入った。館内は一層ざわついた。

「お姉ちゃん、大丈夫かな……」

不安そうな乙葉の声が聞こえて、星良も心配になった。

緞帳が上がらない。吹奏楽部員たちの姿が見えない。何かトラブルが起きているのかもしれなかった。

森村柚葉は、ぼんやりと立ち尽くしていた。

トランペットと楽譜ファイルを手に楽屋を出て、既に舞台袖にいるが、緞帳はなかなか上がらない。

周囲の吹部員たちは、じれじれと焦った様子で足を鳴らし、ただ待つことしかできない様子だった。

午前中に学校で最後の演奏を合わせて、ここまでは部員たちはバスで移動してきた。手持ちの楽器パートは皆自分たちの楽器を持ってきているが、大型の楽器類はトラックでの搬入を行う手はずだ。しかし、想定外の渋滞で楽器搬入が遅れてしまうとの連絡が、つい先ほど入ったところだった。

パイプ椅子も譜面台も、既にステージに並んでいる。スポットライトを浴びている空の椅子や譜面台が、妙に寒々しい。

あと三十分もすれば、トラックは到着するとの話だった。

柚葉は焦っている部員たちや、慌ただしく走り回る会場スタッフたちを傍観者のように眺めてしまう。部員たちと同じように焦ったり、慌てたり、悔しい気持ちを持てない。あんなにも抱いていた熱い気持ちはどこへいってしまったのだろうか。空っぽのステージが、自分の気持ちを表しているような気がしていた。

さほど大きなトラブルでもない。大型楽器の到着が遅れているだけなら、楽器が揃い次第、演奏会は行えるだろう。

ただ、聴きにきてくれているお客さんたちに申し訳ないので、一刻も早くはじめたいというのが、吹部員たちの気持ちだった。

絵留と真子も、焦れた顔つきで立っている。

この場で自分だけが、空虚に立ち尽くしている。

(しっかりしなくちゃいけないのに……わたし、どうしちゃったんだろ)

「どうしましょうか。場繋ぎで一年生の子たちにダンスやってもらいます？」

「そうだな……ただ、曲の準備をしていないから、あまり長くは持たせられないかもしれない」

顧問の剣持先生と、志岐乃先生が話し合っている。三十分遅れてしまうとなると、確かに何かしらの場繋ぎは必要だった。

「――あ」

不意に、志岐乃先生が何かを思いついたようだった。

「そうだ、ちょっと待っててください」

志岐乃先生は舞台袖から少しだけ緞帳を捲り、会場の様子をのぞき見て、それから小走りに戻ってくる。やたらと表情が活き活きしていた。

「私に良いアイディアがあるんですけど、任せてもらえますか？」

（志岐乃先生、何する気だろう……？）

柚葉はやはりぼんやりとしたまま、ことのなりゆきを見守る。

会場スタッフと軽く打ち合わせて、指示によってスタッフたちが動き出す。どうやら緞帳の向こうにスタンドマイクを立ててもらったようだ。そこにスポットライトを当て、準備が整った旨がスタッフから伝えられた。

志岐乃先生がステージに出ていく。

「みなさん。本日はお集まりいただき、ありがとうございます。志戸学園吹奏楽部副顧問、志岐乃佐夜と申します。楽器の到着が遅れており、開始が遅れていますことをお詫び申し上げます。大変申し訳ございませんが、もう少々お待ちいただければと思います……」

柚葉たちからはしっかり見えないが、会場は既に暗くなっているようだった。しんと静まり返ったホール内に、志岐乃先生の声がマイクを通して凛と響く。

「――お待たせしている間、ほんの少し余興をお見せできればと考えております」

このままダンスを披露する流れになるのだろうかと、一年生たちが振り付けを確認しはじめている。柚葉はトランペットと楽譜を手にしたまま、志岐乃先生のスピーチに耳を傾け続けた。

直後、柚葉は目を見開いていく。

「――わが高校には、くちぶえが得意な生徒がおります。会場にも来てくれている、満井星良さん。彼女の合意がもらえましたので、ぜひ、ひととき彼女のくちぶえを聴いていただければと思います」

（え……？）

柚葉だけではない、吹部員たち、絵留と真子も、皆驚きでぽかんとしてしまっている。

柚葉は慌てて緞帳を捲って、会場をのぞいた。絵留と真子もすぐに柚葉に続いた。

確かに、会場には星良がいた。中央あたりの座席で、柚葉の母や弟妹たちと並んで座っている。スタッフに案内されて、星良がステージに向かって歩いてきている。

先ほどまで自分の中の時が止まっている感覚だった。その空虚な時間が嘘（うそ）みたいに、心臓がどくどくと熱く脈打ちはじめる。

「セーラが、くちぶえを吹くの……？」

「本人の合意が取れたって、あの満井から……？」

絵留と真子は、ささやき声で口々に呆然（ぼうぜん）と呟（つぶや）いている。柚葉だって信じられなかった。星良は大人しくて、人見知りで、臆病で、たった一人でステージに立てるような子ではないと思っていた。

（ああ、でももう違うんだ――）

夏休み最終日に、大きな声で整然と意見を述べた星良の姿を思い出す。柚葉が何も言えなくなった場面で、星良の方が動いたのだ。星良は、とても強くなった。くちぶえが自信になって、彼女を大きく成長させていた。

星良が一歩一歩、ステージの階段を上ってくる。さすがに顔は強張(こわば)っていて、手が震えていた。けれど立ち止まらず、ステージに上がって、スポットライトに入っていく。

「――志戸学園、一年D組、満井星良、です」

マイクを通して、ホール内に、おずおずとした星良の声が響き渡った。

「いきなり、志岐乃先生から頼まれて、あの、すごく驚きました。でも私、吹奏楽部が好きで、だから、少しでも何かできたらいいなって、思います。楽器が到着するまで、ほんの少し、私のくちぶえを聴いてください」

ぱらぱらとだがあたたかい拍手が起こる。それはまだ、なんとなく手探りの拍手でもあった。くちぶえってなんだろうと、ぴーぴー吹くのだろうかと、いまいちイメージがつかめなくて、暗がりの中でも会場の観客たちの顔は少々戸惑っているのが見て取れる。

気づけば、柚葉の肩を絵留と真子が、両側から強く摑(つか)んでいた。

「セーラ、みんなに本気を見せてやれ」

「くちぶえって、すごいんだから」

振り返らずとも弾む声で悟る。二人はわくわくした表情で、ステージをのぞいている。

そしてそれは、柚葉も同様だ。

（星良、頑張れ……！）

スポットライトを当てられている星良は、頬を紅潮させつつ、肩に力が入りすぎないように、深呼吸を繰り返した。お腹に力を込めている。

それから空気の通りを良くするため、顎をつんと出して、唇を丸めた。

息が細く吹き出され、真っすぐな道となって流れる。それは高音になり、マイクを通して、ホール内に響いた。

会場の空気が一変した。

戸惑ってそわそわし、ぼそぼそ喋（しゃべ）っていた観客たちが星良の方を注目して動かなくなる。

星良が吹き始めた曲は、『フライ・ミー・トゥ・ザ・ムーン』。

とても古いが、今でもよく耳にする有名なジャズのスタンダードナンバー。多くのアーティストがカバーしている。私を月に連れていって。邦題の通り、まるで誘うようにしっとりと魅力的に聞かせる楽曲だ。星空に浮かぶ大きな月が見えるようだった。マイクをうまく使って、太く、ピンと澄んだ音が、鮮やかな世界を創造していく。

柚葉は鳥肌が止まらなかった。星良からは初めて聞いた曲だった。どうしてこの曲を吹いたのかはわからなかったが、星良のくちぶえは前よりももっと上達していて、そんなことどうでもよくなるくらい、素晴らしい口奏だった。

「綺麗(きれい)……」

絵留がぽつりと呟く。

決して吹奏楽みたいに、華やかで派手じゃない。けれど、くちぶえにはくちぶえの、音楽の力がある。一音一音、丁寧に空気を震わせ、心を震わせる。

演奏が終わり、星良が一歩下がって頭を下げる。

少しの間、しんとしていた。誰かが気づいたのかぱちぱちと拍手をはじめた。感染するようにひろがっていき、大きな拍手になっていく。

再び星良が一歩前に出た。それからすぐにくちぶえを吹き始めたので、拍手は止(や)

み、観客は聴く姿勢になる。会場はもはや星良のコントロール下に置かれている。

「え……星良……？」

柚葉は思わず、ぽつりと呟いていた。星良が次に吹き始めたのは――『かえるのうた』だった。

先ほどの『フライ・ミー・トゥ・ザ・ムーン』のテクニカルかつ雰囲気たっぷりな口奏から一転、途端に童謡の軽い音となる。

観客や、舞台袖にいる吹部員、会場スタッフ、志岐乃先生や剣持先生には何故この曲なのかはわからないだろう。

でも、ここにいる柚葉には。

絵留には。

真子には――その意味が、よくわかった。

目頭が熱くなって、ステージが滲む。

（いいのかな。本当に、いいのかな……）

星良の意図はそうだと思えるが、大きな何かが変わってしまう気がして、柚葉は逡巡する。そのうち、輪唱に先んじて入っていったのは絵留だった。他の吹部員にフルートを預け、嬉しそうに目を細め、ステージへと飛び出していく。

　つられるように、真子も輪唱に入っていく。つんと澄ました顔でステージへと出ていく。

　星良の眼が、舞台袖をちらりと見た。

細めて、目だけで笑って、誘うように『かえるのうた』をくちぶえで吹き続ける。

柚葉を、入っておいでと呼んでいる。

「……っ」

　もう堪(こら)えることはできなかった。つま先が床を蹴った。すぐ近くにいたペットパートの子に自分の楽器を預け、柚葉は走った。

　スタンドマイクの前に立つ。四人で並んで、マイクにくちぶえ音を通す。『かえるのうた』が輪唱になったことで、観客たちがわっと沸いた。

　久々にくちぶえを吹いたら、息を吹き出すたびに、胸のつかえがすっと抜けていった。気持ちが昂(たかぶ)って、視界が霞(かす)んでしまって仕方ない。けれどここで泣いたら、喉が詰まってしまうので、感情の奔流を必死に押しとどめる。舌の配置を変え、唇を震わせることに意識を集中する。

『かえるのうた』を吹き終えて、まるで事前に打ち合わせていたかのように、『スタンド・バイ・ミー』を四人で吹き始めていた。残念ながら真子のマリンバは到着していなかったが、埋めるようにマリンバ伴奏の部分を真子が吹いてみせる。

息が弾む。

体が跳ねる。

楽しくて笑顔になってしまう。

柚葉はくちぶえを吹きながら、シルボさんのアドバイスを思い出していた。個人的に動画投稿をはじめて、くちぶえ演奏を投稿するたびに、シルボというアカウント名の人が丁寧にアドバイスをくれていた。

――音程やボリューム調整は非常に大事。常にスケールを頭に置くこと。

――唇に力を入れすぎないで、けれど舌は重要。タンギングの練習はすること。

――実はあまりお風呂で吹くのはおススメしない。ただ、狭い個室で短く息を吹き出す練習は重要。

――息の流れを見て、空気の通り道を作ること。

柚葉は、四人は、これまでに身に着けてきたすべてを、くちぶえを、観客に届けていった。

そうして『スタンド・バイ・ミー』を吹き終えると、ひと際大きな拍手が起こった。もはや余興の域を超えて、観客たちは柚葉たちの吹くくちぶえに夢中になっていた。四人でやりきったことで、柚葉の胸はいっぱいになっていた。

ただ、まだ緞帳が上がらない。

「どうする？　もう一曲くらいやっちゃう？」

柚葉がこそこそと小さな声で提案した。

「仕方ないよね。まだ始まらないんだから」

絵留は少し悪い顔になっている。

「こうなったら吹奏楽部に恩を売りまくる」

真子がスッと眼鏡を掛けなおした。

「じゃあ最後、柚葉の得意なアレで」

星良が苦笑しつつ、頷いた。

柚葉はマイクに向かって声を張る。

「吹奏楽部の準備ができるまで、あと一曲聴いてください。これで最後！」

会場に伝えると、再び観客から歓迎の拍手が起こる。

柚葉たちは再び、くちぶえを吹き始めた。

曲は、『カントリー・ロード』。

四人の息はピッタリ合っていた。リズムに乗って体を揺らし、陽気にくちぶえを吹く。

――そこに。

くちぶえだけではなく、吹奏楽の音がかぶさった。

柚葉たちはハッとして、後ろを振り向く。

緞帳が上がっていく。吹奏楽部が、くちぶえ演奏にあわせて『カントリー・ロード』を奏でていた。

やっと楽器が揃って、演奏会がはじまった。

会場がわっと沸く。

くちぶえ演奏を止めようかと逡巡したが、明らかに吹奏楽部員たちは、柚葉たちのくちぶえ演奏に合わせてくれている。ジャズアレンジの、伴奏のみ。あくまでリードはすべてくちぶえに譲ってくれている。

こんなことされたら、止めるわけにもいかなかった。

剣持先生指揮の下、柚葉たちのくちぶえをメインで『カントリー・ロード』を演奏するという判断だ。最後までやり切るしかない。

星良が柚葉、真子、絵留に目配せしてきて、お互いの意思を確かめ合う。

大丈夫。わたしたちならできる。

お腹に、背中に、口のまわりに、舌に、力を込めて、太く息を吹き出し、世界の空気を震わせる。

志戸学園吹奏楽部に今までなかった演出に、会場は大喜びだった。

舞台袖から、志岐乃先生が親指を立てているのが見えた。

星良に呼ばれて、くちぶえを吹き始めた時に、柚葉の中のすべての迷いが吹っ切れていた。

大きな何かが変わった。

（わたし、もう後戻りできないくらい、くちぶえが好きなんだ）

答えはとうの昔に、出ていたのだ。

くちぶえ演奏は演出の一環として受け入れられ、会場に来てくれた人たちに満足してもらえた。『カントリー・ロード』が終わった後、星良は目をぐるぐるまわしたまま観客席に戻り、観客たちから賞賛の拍手で迎え入れられた。

彩音に「よく頑張ったね」と、ぽんぽん肩を叩かれた。真子と絵留、柚葉は本来の吹奏楽部での演奏に戻った。

その後、演奏会は滞りなく無事に終わった。

星良は頭の中が真っ白になっていて、胸のドキドキが収まらず、実はくちぶえ演奏をやったその後のことをよく覚えていない。

柚葉や真子、絵留たちは吹奏楽部の後片づけなどがあったので、星良はひとり、森村一家と一緒に帰宅した。

夜、お風呂に入って布団に潜って。

そこでようやく現実感が襲ってきた。

（私、とんでもないこと、やっちゃった……）

「わ、わぁぁ……っ」

枕をかぶってじたばたと悶える。

ひとしきり恥ずかしさと葛藤でのたうちまわった後。

星良は自室の天井を見上げた。

気づけば、くちぶえを吹いていた。

フライ・ミー・トゥ・ザ・ムーン。

私を月に連れてって。

何故その曲を吹こうと思ったのかというと、彩音と話して、柚葉のことを考えている時、ようやくあの頃のことを思い出したからだ。

星良が何故くちぶえを吹き始めたのか。その理由。

『じゃあ、特別に魔法を教えてあげるよ』

そう言って、五歳の星良にくちぶえを教えてくれたのは、柚葉の父──陸、その人だった。

陸が吹くくちぶえの音はとても滑らかで、星良は感嘆のため息を漏らしていた。トランペットを仕事で吹いていると聞いていたので、特別な唇を持っているのかもしれないと、幼い星良は尊敬の眼差しを向ける。

「フライ・ミー・トゥ・ザ・ムーン。僕のお気に入りの曲。これ、ちょっと練習してみない？　声に自信がなくても、くちぶえだったらきっと大きな音を出せるようになるかなって」

星良はおそるおそる、唇を突き出して息を吹きだしてみる。

「ふしゅぅー」

変な音しか出なかった。ガッカリして眉を下げる星良に、陸は無邪気にハハハと笑う。

「たくさん練習が必要なんだ。何せ魔法だからね。練習しないと使えるようにはならない。でもこれができるようになったら、きっと柚葉のことを振り向かせることができるよ」

幼い星良には陸が何を言っているのかあまり理解はできなかったが、とにかく陸のように吹けるようになれば、柚葉に気づいてもらえるのかもしれないと思った。

何度も息を吹き出す星良に、丁寧に陸はくちぶえの吹き方を教えてくれた。その日のうちにできるようにはならなかったが、数日後、再び陸が現れた時に、星良はそれなりに吹けるようになっていた。

「お、すごいじゃないか。上手になったね」

星良は褒められたことが嬉しくて、くちぶえを吹く。自分の声とは全然違う、綺麗な音が唇から出る。それが星良にとっては救いで、喜びで、くちぶえにのめりこんでいった。

「くちぶえ言語って知ってるかい?」

不意に陸がそんなことを言ってきた。

「世界には、遠くまでくちぶえで気持ちを伝えあうシルボっていうくちぶえ言語があるんだよ。僕と君は、そうやって、いつどこにいてもくちぶえで気持ちを伝えることができるようになる。ほら、くちぶえってすごい魔法だろう？」

星良にはやはり陸の言葉は完璧には理解できなかったが、言葉を交わさないでも通じ合えることが嬉しくて、強く頷いていた。

――数日間の練習を経て、幼い星良は柚葉のそばで『フライ・ミー・トゥ・ザ・ムーン』を吹いた。

とはいっても、ほとんどメロディーにもなっていない出来だった。陸のようには全然上手に吹けなかった。

けれど、音に気づいた柚葉が、星良の方を振り返ってきた。

今の音はなんだろうと、キョロキョロと周囲に視線を巡らせている。まさか星良の口から出た音なんて、想像もしていないだろう。それを思うと、星良はイタズラが成功したみたいにくすくす笑ってしまった。

星良が笑っていたので、柚葉がみんなの輪から離れて駆け寄ってくる。

「ねえ、せいらちゃんも、いっしょにあそぼ？」

星良は、差し出してきた柚葉の手を、ぎゅっと握った。

高校一年生になった星良が、五歳でくちぶえをはじめて、今まで一番吹いてきた曲が、フライ・ミー・トゥ・ザ・ムーンだった。

柚葉と自分を繋げてくれた、魔法の曲。

くちぶえがあったから、柚葉と友達になれたのだ。

（私、なんで、忘れちゃってたのかな）

柚葉に気づいてもらえたことで、くちぶえや陸のことはすぐに忘れて、柚葉と遊ぶことに夢中になったからかもしれない。陸もその日以来、星良に近寄って話しかけてきた記憶はない。

吹いているうちに、想いと共に涙が溢れてきて、天井を仰いでいたことで、滴は髪に、枕へと流れていく。

くちぶえの音に水が混じり、かすれる。

柚葉が手を伸ばしてくれたから、今度は自分が、柚葉に手を伸ばす番だと思った。目的の為（ため）に必死に堪えている柚葉を解放してあげたかった。

自分のやりたいことをやればいい。そう伝えたかった。

開演が遅れている会場で、スタッフが星良の元に相談にやってきた時に、星良がすぐに了承したのはそれも大きい。あの場でくちぶえを吹いて、柚葉を巻き込んでしまおうと思ったのだ。

自分のやった大それたことを思い出すと、やはり悶えてしまいそうになるし、穴があったら入りたい気持ちになる。

同時に、達成感で笑顔にもなる。

ずいぶん気持ちがスッキリしていた。流されてやめた自分は、もうどこにもいない。くちぶえが柚葉との始まりだったと思いだした時に吹っ切れた。私は自分のやりたいことと向き合い、ちゃんと決めて、ここにいる。

一緒にくちぶえをやろうと、自分の世界に連れていこうと、柚葉に手を伸ばせた。

自分の『音』を見つけた。

水っぽいくちぶえの音すら、愛(いと)しく思えた。

エピローグ

　夢だったのではと思うような、くちぶえと吹奏楽の奇跡のコラボ演奏会から数日。

星良は、職員室の志岐乃先生を訪ねていた。

「満井さん、心は決まりました？」

「はい。私、決めました。やります」

星良が吹奏楽部の退部届を出したその日。志岐乃先生から『ある提案』をされていた。

　覚悟を決めてきたはずなのに、心臓がドキドキしている。

　スッと息を吸って、一息に言った。

「くちぶえ部、結成します」

　星良の言葉に、志岐乃先生は嬉しそうに目を細めた。

　くちぶえを本格的にやりたいのなら、別に吹奏楽部である必要はない。なければ自分で作ればいい。部活創設となると道のりは大変だろうけど、志岐乃先生は顧問を兼任してくれるとまで言ってくれた。

「……実はね、こんなこと言うと水を差しちゃうみたいになってしまうけど、剣持先生が、吹奏楽部でくちぶえパートを作るのはどうかって言ってくれてるんです」

「そうなんですか？」

「ええ。吹部員たちがね、すっかり満井さんたちのくちぶえのファンになっちゃって、すごい推してて。ふふ、現金ですよね。まぁ、コンクールなんかは無理ですが、演奏会やイベントで、くちぶえを吹くのはすごく良いと思います」

「すごい……」

「どうです？　くちぶえ部を創設するのは構わないけれど、兼部で、もう一度吹奏楽部所属に戻る気はないですか？」

　どうする？　と、目で問いかけてくる志岐乃先生に対し、星良はすぐに首を横に振っていた。

「気持ちは嬉しいですけど、私、今はくちぶえだけでやりたいって思ってるんです。くちぶえを本気でやってみたい。その気持ちに、やっと到達できたので」

「そう」

志岐乃先生が微笑む。

部活を結成するために必要な書類を受け取り、星良は職員室を出た。

なんとなく予感はあったのだけど、職員室を出たら、女生徒三人が星良のことを待ち構えていた。

「星良！」

「……満井」

「セーラ」

柚葉、真子、絵留の三人だ。

前に待ち伏せされた時みたいに哀しげな表情じゃなく、三人とも妙にスッキリした表情をしていた。

「志岐乃先生に聞いた。くちぶえ部結成するんでしょ？　どうして私たち抜きで進めようとしてるの。許せない」

真子は不機嫌そうに眼鏡フレームに触れている。

「別にさ、音楽が好きなんだから、吹奏楽部じゃなくたっていいんだよ。だってアタシたちさ、くちぶえに本気になっちゃったんだから」

絵留がかっこつけて言い放つ。

「というわけで、わたしたち、入部希望しますっ」

柚葉が元気よく手を挙げた。

星良はふっと微笑み、肩をすくめる。

「もう、これから勧誘しようと思ってたのに。先に言われちゃった。ああでもね、三人は吹奏楽部と兼部でいいからね。剣持先生も、志岐乃先生も、そう言ってくれてる。だから柚葉、トランペットは続けても——」

星良の言葉の途中で、柚葉は強く首を振ってきた。

「もういいんだ。わたし、もう無理はしないって決めた。やりたいことをやる。ちょっと予定と変わっちゃったけど、くちぶえでプロになる。それに、くちぶえ部が世界を目指せばいいんだよ」

とんでもないことを、ケロリと口にしてみせる。

「くちぶえ部が世界を目指すって……」

「じゃじゃーん！　そのための第一歩！　もう動画、公開しちゃったからね」

「ええっ!?」

いつの間に。

そういえば、色々あって記憶から抜け落ちかかっていたが、星良たちは四人で夏休みにくちぶえ動画を作成したのだった。

得意げにスマホを掲げる柚葉に、星良は顔面蒼白（そうはく）になってしまう。

「それって……全世界公開？」

「全世界公開！」

「あー」

（ありえない……）

青くなって、真っ赤になって、星良は頭を抱える。

ニヤニヤしている絵留、くすりと笑っている真子を横目に、星良は柚葉からスマホを奪い取ろうとする。

「消そ。ねぇ、消そう……？」

「消さないってば」

スマホを取ろうとわーわー騒いでいたら、ドアが開いて、職員室の前だったので先生に叱られてしまった。

四人で屋上に集う頃には、ようやく気持ちも落ち着いてきた。

星良はごくりとつばを飲み込み、自身のスマホから柚葉が公開した動画を、再生した。

……ぽかんとしてしまう。

「再生回数、百五十回って……」

「世界はまだまだ遠いってことだねー」

柚葉は遠い目をしている。

絵留は全然気にしている風でもなく、真子も興味なさげに肩をすくめていた。

「でもまぁ、今は楽しくやれたらいいんじゃないかなって」

「そうだね」

「くちぶえ部はこれからだから。頑張ろうね」

「うん」

星良は柚葉の言葉に頷く。

自然と四人で、くちぶえを吹いていた。

結局星良たちは、『かえるのうた』の輪唱が定着している。

そうやってくちぶえを吹きながら、星良はスマホを操作して、動画のコメントを何気なく見ていた。

再生回数も全然ないので、コメントも数個しかついていない。

そのうちのひとつに注目してしまう。

『魔法が成功したようで、良かった』

そのコメントに、アカウント名に、星良は目を見開いていく。

「ゆ、柚葉、こ、こ、これって」

「ん？　あ、その人？　わたしがチャンネル作った初期から、ずっとコメント残してくれてる人だよ？　シルボさん。くちぶえのアドバイスたくさんくれる良い人。ん……？　でも今回のコメントは意味不明だね……？」

「……柚葉のお父さん、かもしれない」

「――へ？」

思わず口にしてしまったが、星良は慎重になろうと深呼吸する。鼓動が高鳴って、喉がからからに渇いていた。

だが、何度コメントを読み返してみても、そうとしか思えなかった。シルボのことを教えてくれたのも、くちぶえが魔法だと言ったのも、柚葉の父、陸だ。

何より、柚葉と星良が仲良く一緒にいる姿に対して『魔法が成功した』と口にできるのは、世界で星良と彼しかありえない。

「私ね、最近思い出したんだけど、柚葉のお父さんに、くちぶえを教えてもらったんだよ。それでその時に――」

説明しようとして柚葉に目を向けると、柚葉は既にぼろぼろと涙をこぼしていた。

「お父さん、生きてるの……？」

「ごめん、確実なことは言えないけど、たぶん」

「くちぶえを吹いたら、お父さんに会えるの？」

「それも、たぶん」

確かなことは何も言えずに申し訳ない気分になったが、柚葉にとっては十分だったようで、小さな子供みたいに顔をくしゃくしゃに歪め、大声をあげて泣き出してしまう。

星良は柚葉の手をぎゅっと握り、絵留はやれやれと頭を撫でて、真子はつられて泣きそうになっていた。

「わた、わたわたし……間違って、なかった……っ」

「うん」

「くちぶえ……やってて、良かったぁ……っ」

「うん」

「くちぶえで、世界に行く……っ」

さすがにそれに相槌（あいづち）を打つのは躊躇ってしまう。どう答えようか迷うが、つっかえがすべて取れた柚葉は、ぼろぼろに泣いていて、それどころじゃない様子だった。

星良の手の甲に、ぽたりぽたりと熱い滴が落ちてくる。

その熱は、柚葉の想い、自分たちの想いそのものだと感じた。

星良がいて、柚葉がいて、真子がいて、絵留がいる。

いつの間にか、四人になっていた。どこにいても、四人でくちぶえを吹く姿を、鮮明に思い浮かべることができた。

（ねぇ、魔法は、成功したよ。すごく、すごく）

あの日の自分に教えてやるように、星良は高い空へと向けてくちぶえを吹きはじめる。

くちぶえは、青い空に、きれいな形になって吸い込まれていった。

執筆にあたり、くちぶえ奏者 りょうすけ様、東京・府中市の「口笛を楽しむサークル」様のご協力をいただきました。

この場を借りて深く御礼申し上げます。

本書は書下ろしです。

本作品はフィクションであり、登場する人物、団体、組織その他は実在のものと一切関係ありません。（編集部）

実業之日本社文庫　最新刊

井上ひさし
野球盲導犬チビの告白
打率四割七分四厘を残した盲目の天才打者登場！　謎に満ちた彼の生い立ち、驚愕の打法の秘密を、一匹の盲導犬が語る、奇想あふれる物語。（解説・菊池雄星）
い151

伊吹有喜
彼方の友へ
「友よ最上のものを」戦中の東京、雑誌づくりに情熱を抱いて歩む人々を、生き生きとした筆致で描く感動傑作。第158回直木賞候補作。（解説・瀧井朝世）
い161

倉阪鬼一郎
きずな水　人情料理わん屋
順風満帆のわん屋に、常連の同心が面白そうな話を持ち込む。ある大名の妙案で、泳ぎ、競馬、駆ける三種を三人一組で競い合うのはどうかと。江戸人情物語。

く48

沢里裕二
極道刑事　キングメーカーの野望
政界と大手広告代理店が絡んだ汚職を暴くため、神野が闇処理に動くが……。風俗専門美人刑事は、体当たりの潜入捜査で真実を追う。人気シリーズ第4弾！

さ312

知念実希人
崩れる脳を抱きしめて
研修医のもとに、彼女の死の知らせが届く……。愛した彼女は本当に死んだのか？　驚愕し、感動する、恋愛ミステリー。著者初の本屋大賞ノミネート作品！

ち16

堂場瞬一
1934年の地図　堂場瞬一スポーツ小説コレクション
元大リーガーのディックが二六年ぶりに京極の前に現れた。突然の来日の目的は!?　日米史の〝暗部〟に切り込む傑作エンタメ・サスペンス！（解説・池井優）
と116

実業之日本社文庫　最新刊

西川　司
異邦の仔　バイトで行ったイラクで地獄を見た

何者かに爆弾を仕掛けられ命を狙われた男の脳裏には、数十年前の中東イラクでの出来事が――テロリストの正体は!?　実体験を基に描いた迫真のサスペンス！

に81

西村京太郎
二つの首相暗殺計画

総理大臣が入院している大病院の看護師殺人事件の裏に潜む、恐るべき陰謀とは!?　十津川警部が秘められた歴史と事件の扉をこじ開ける！（解説・山前　譲）

に123

三浦しをん
ぐるぐる♡博物館

人類史から秘宝館まで、博物館が大好きな著者がときに妄想を膨らませつつお宝や珍品に迫る。愛と好奇心が渦を巻く興奮のルポエッセイ！（解説・梯　久美子）

み101

宮下奈都
緑の庭で寝ころんで　完全版

愛する家族とのかけがえのない日々を、母として、作家として見つめ、あたたかい筆致で紡ぎ出す。単行本未収録のエッセイ二年分を追加収録した贅沢な一冊！

み24

モノカキ・アエル
くちぶえカルテット

――これが、私の「音」。声がコンプレックスな少女が、口笛を通して仲間と共に成長する爽やかな青春小説。Vtuber小説家、モノカキ・アエルデビュー作。

も91

星新一、森茉莉ほか
猫は神さまの贈り物〈小説編〉

わがままで、ままならない、猫といういきもの。作家は、そこに物語を見出してきた。思わず頬ずりしたくなる、個性と愛に溢れた猫小説集。（解説・井上荒野）

ん91

実業之日本社文庫　好評既刊

実業之日本社文庫　好評既刊

加藤実秋
さくらだもん！　警視庁窓際捜査班
桜田門＝警視庁に勤める事務員・さくらちゃんがエリート刑事が持ち込む怪事件を次々に解決！　安楽椅子探偵にニューヒロイン誕生。
か61

加藤実秋
桜田門のさくらちゃん　警視庁窓際捜査班
警視庁に勤める久米川さくらは、落ちこぼれの事務職員でありながら難事件を解決する陰の立役者だった。エリート刑事・元加治との凸凹コンビで真相を摑め！
か62

窪　美澄／瀧羽麻子／吉野万理子／加藤千恵／彩瀬まる／柚木麻子
あのころの、
あのころ特有の夢、とまどい、そして別れ……。要注目の女性作家6名が女子高校生の心模様を鮮烈に紡ぎ出す、文庫オリジナルアンソロジー。
く21

熊谷達也
ティーンズ・エッジ・ロックンロール
このまちに初めてのライブハウスをつくろう――。東北の港町で力強く生きる高校生たちの日々が切ないほどに輝く、珠玉のバンド小説！（解説・尾崎世界観）
く52

近藤史恵
天使はモップを持って
キュートなおそうじの達人は、汚れも謎もクリーンに解決！　シリーズ20周年を記念して大人気〈清掃人探偵・キリコ〉第一巻が新装版で登場！（解説・青木千恵）
こ34

実業之日本社文庫　好評既刊

佐川光晴
鉄道少年
国鉄が健在だった一九八一年。ひとりで電車に乗っている男の子がいた――。家族・青春小説の名手が贈る、謎と希望に満ちた感動物語。（解説・梯 久美子）
さ61

藤岡陽子
むかえびと
一分一秒を争う現場で、生まれくる命を守るために働く志高き助産師（むかえびと）たち。現役看護師作家がリアルに描く、渾身の医療小説。（解説・三浦天紗子）
ふ61

宮木あや子
学園大奥
女子校だと思って入学したら、二人きりの男子生徒を囲む「大奥」のある共学校だった！　いきなり文庫化のハイテンションコメディ。（解説・豊島ミホ）
み11

宮下奈都
よろこびの歌
受験に失敗し挫折感を抱えた主人公が、合唱コンクールをきっかけに同級生たちと心を通わせ、成長する姿を美しく紡ぎ出した傑作。（解説・大島真寿美）
み21

宮下奈都
終わらない歌
声楽、ミュージカル。夢の遠さに惑う二十歳のふたりは、突然訪れたチャンスにどんな歌声を響かせるのか。青春群像劇『よろこびの歌』続編！（解説・成井豊）
み22

実業之日本社文庫 も91

くちぶえカルテット

2020年10月15日　初版第1刷発行

著　者　モノカキ・アエル

発行者　岩野裕一
発行所　株式会社実業之日本社
〒107-0062　東京都港区南青山5-4-30
CoSTUME NATIONAL Aoyama Complex 2F
電話［編集］03(6809)0473［販売］03(6809)0495
ホームページ https://www.j-n.co.jp/
DTP　ラッシュ
印刷所　大日本印刷株式会社
製本所　大日本印刷株式会社

フォーマットデザイン　鈴木正道(Suzuki Design)

ISBN978-4-408-55625-3（第二文芸）